歴史探偵《れきしたんてい》アン&リック

源氏《げんじ》、絵《え》あわせ、貝《かい》あわせ

小森香折 作　染谷みのる 絵

偕成社

もくじ

登場人物紹介《とうじょうじんぶつしょうかい》

リックこと石松《いしまつ》 陸《りく》

歴史《れきし》が大好《だいす》き。

アンによれば「夢《ゆめ》もロマンもない」。

アンこと花畑《はなばたけ》杏珠《あんじゅ》

ファッションが大好《だいす》き。

リックによれば、

「見かけによらず、ずぶとい」。

石松歩美《いしまつふみ》

リックのおばさん。

京都《きょうと》で、ひな人形師《にんぎょうし》の修業《しゅぎょう》をしている。

花畑紗和《はなばたけさわ》

アンの母親。デパートで
ファッションソムリエをしている。

伝兵衛《でんべえ》（長瀬明義《ながせあきよし》）

老舗《しにせ》の乾物屋《かんぶつや》、波左間屋《はざまや》の主人。

紗和《さわ》ともうすぐ結婚予定《けっこんよてい》。

高桐初音《たかぎりはつね》

京都《きょうと》の旧家《きゅうか》、高桐家《たかぎりけ》の娘《むすめ》。
とってもおしゃれ。

高桐華恵《たかぎりはなえ》

初音の母。

高桐雅己《たかぎりまさみ》

初音の父。

紫式部《むらさきしきぶ》

平安《へいあん》時代に『源氏物語《げんじものがたり》』を書き、
天皇《てんのう》の后《きさき》の教育係《きょういくがかり》をつとめた。

高桐式子《たかぎりしきこ》

江戸時代の、高桐家《たかぎりけ》の姫《ひめ》。
絵に秀《ひい》でており、貝《かい》あわせの
貝の絵をえがいた。

水野忠邦《みずのただくに》

江戸後期《えどこうき》に京都所司代《きょうとしょしだい》を
つとめ、のちに老中《ろうじゅう》となる。

三條満晃《さんじょうみつあき》

式子姫《しきこひめ》の婚約者《こんやくしゃ》だったが、
婚礼《こんれい》の前に亡《な》くなった。

はじめに

さて今回は、『源氏物語《げんじものがたり》』にまつわるお話だ。

『源氏物語』は平安《へいあん》時代、いまから千年以上前《いじょうまえ》に書かれた長編小説《ちょうへんしょうせつ》なんだ。作者の紫式部《むらさきしきぶ》（九七三〜一〇一四年ごろ）は、当時のエリート・キャリアウーマンだった。

「桐壺《きりつぼ》」からはじまって「初音《はつね》」や「絵合《えあわせ》」など、それぞれに名前がつけられた五十四の巻《かん》からできている。

きいたことがあるかもしれないけれど、主人公《しゅじんこう》は光源氏《ひかるげんじ》。美男《びなん》で、なんでもできて、ものすごくもてる、天皇《てんのう》の息子《むすこ》。こわいものなしにきこえる

けど、じつはこの光源氏って、あまりめぐまれてはいなかったんだ。お母さんの身分《みぶん》が低いから皇族《こうぞく》になれなくて、源《みなもと》の姓《せい》をもらったわけ。『源氏物語《げんじものがたり》』は光源氏《ひかるげんじ》をめぐるラブストーリーなんだけど、日かげの立場だった彼《かれ》が、どうやって天皇《てんのう》にならぶ地位《ちい》まで出世《しゅっせ》するかっていう、サクセスストーリーでもあるんだよ。『源氏物語』はおおきく三部にわかれていて、第一部がそれにあたる。

第二部では、なにもかも手にいれた光源氏が、華《はな》やかに生活しながらも、なやみをかかえて死んでいく。そして、貴公子《きこうし》たちがみのらぬ恋《こい》に苦しむ「宇治十帖《うじじゅうじょう》」がつづく。

紫式部《むらさきしきぶ》がこの壮大《そうだい》な物語をのこしてくれたおかげで、平安《へいあん》時代の貴族《きぞく》がどんな生活をしていたか、知ることができるんだ。

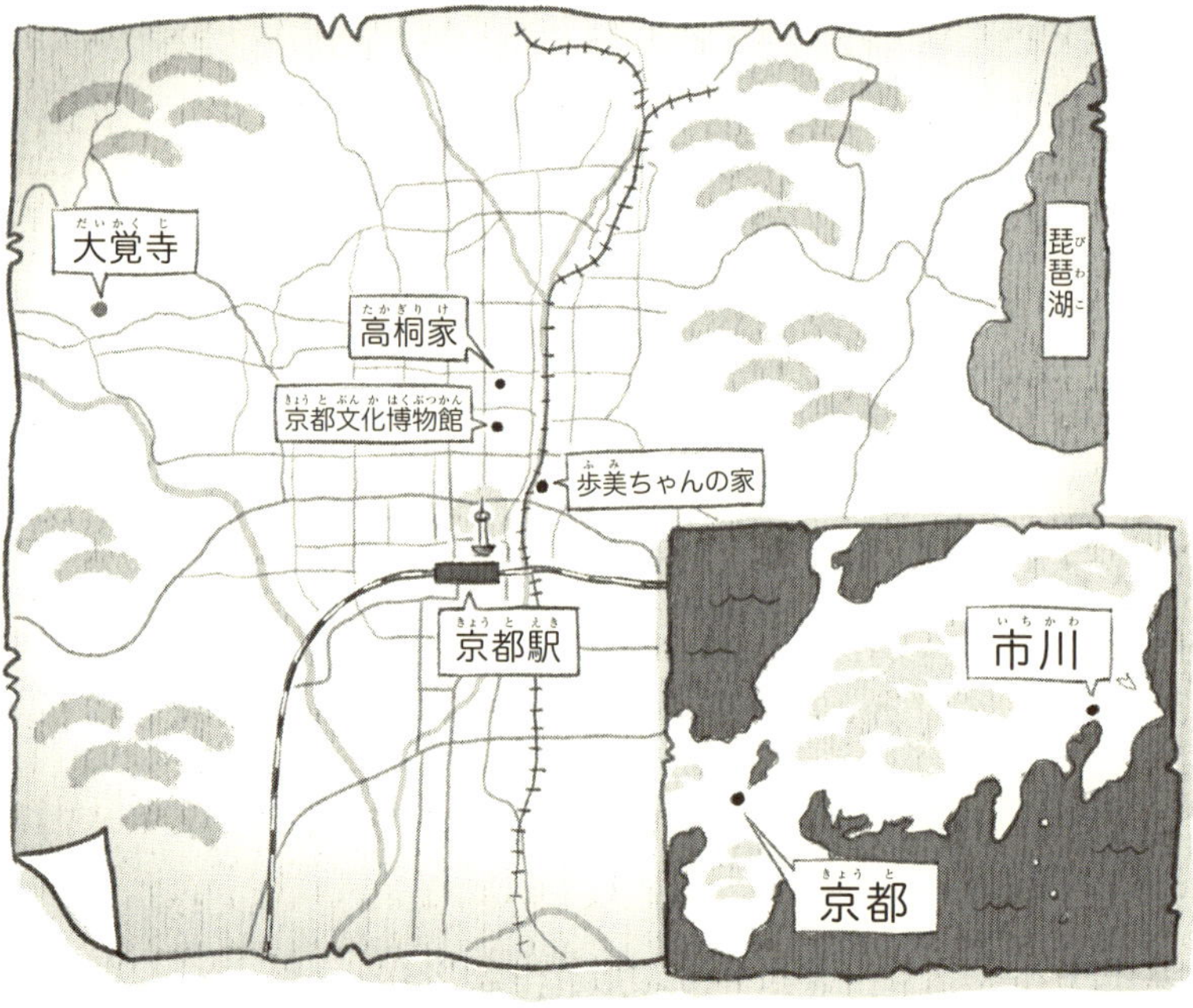
大覚寺《だいかくじ》
高桐家《たかぎりけ》
京都文化博物館《きょうとぶんかはくぶつかん》
歩美《ふみ》ちゃんの家
琵琶湖《びわこ》
京都駅《きょうとえき》
市川《いちかわ》
京都《きょうと》

装丁　山﨑理佐子

歴史《れきし》探偵《たんてい》アン&リック　源氏《げんじ》、絵《え》あわせ、貝《かい》あわせ

1　光源氏《ひかるげんじ》とデート？　アン

わたしは、アンこと花畑杏珠《はなばたけあんじゅ》。おしゃれが大好《だいす》きなのは、デパートにつとめているママゆずり。それに、お宝《たから》をみつける運命《うんめい》のもとに生まれたの。

宝さがしのはじまりは、五年生のとき千葉《ちば》に越《こ》してきて、リックこと石松陸《いしまつりく》に出会ったこと。リックは同級生の、男の子みたいな女の子。おしゃれのセンスはゼロだけど、やたらと歴史《れきし》にくわしいの。わたしたちはふたりで、里見家《さとみけ》の宝をみつけたのよ。

六年生の夏休みには、唐津《からつ》で宝さがしをした。そして新学期がはじまったと思ったら、つぎの冒険《ぼうけん》がまっていたの！

こんどの話をはじめるには、ちょっと時間をさかのぼらないといけないわ。

あれは、今年の五月。

エレガンスの基本《きほん》は、機嫌《きげん》よくしていること。だから、わたしはなやまないようにしている。でもそのころは、ちょっとしたなやみがあった。

なやみのもとは、おなじクラスの赤坂雛乃《あかさかひなの》ちゃん。

いい子なんだけど、やたらとわたしのまねをしたがるの。たとえばわたしが背中《せなか》にリボンのついたトップスで登校すると、雛乃ちゃんはどこのブランドかききだして、おなじ服を買ってくる。アクセサリーも小物《こもの》も、みんなわたしとおそろい。わたしのファッションを気にいってくれるのはうれしいんだけど、もっと自分にあったスタイルにするべきね。そうアドバイスするつもりで、休み明けの教室に入ったわ。

でも雛乃ちゃんを見て、びっくり。

めずらしくモノトーンでまとめている。黒白の小花模様《こばなもよう》のブラウスに、ギンガムチェックのスカート。

わざとらしい感じになるから、わたしは柄《がら》オン柄《がら》の組み合わせはしないの。雑誌《ざっし》のまねでもしたのかしら。

「雛乃ちゃん、いつもと感じがちがう。」

そういうと、雛乃《ひなの》ちゃんはにっこりした。

「おしゃれでしょ？　柄《がら》と柄をあわせるのって上級者《じょうきゅうしゃ》コーデだよね。初音《はつね》ちゃんがしてて、すっごくすてきだったから。」

「ハツネちゃん？」

「やだ、いま話題《わだい》のブロガーじゃない。『セレブガール・スタイル』の初音ちゃんよ。上《じょう》品《ひん》でおしゃれで、わたしの理想《りそう》なの！　おなじ六年生だし、これからは初音ちゃんをファッションリーダーにするわ。」

つまり初音ちゃんのほうが、わたしよりおしゃれってこと？

「初音ちゃんのおうちは京都《きょうと》の旧家《きゅうか》なの。家にお茶室《ちゃしつ》があるなんて、すごくない？」

「そのひと、ティーンズモデル？」

「そうじゃないけど、めちゃくちゃかわいいの。」

その日の夜、わたしはうちのパソコンでチェックしてみた。「セレブガール・スタイル」というブログは、すぐにみつかった。

初音ちゃんはストレートのロングヘアで、すらりとした子だった。かわいいっていうより大人《おとな》っぽい。着物で茶道《さどう》のおけいこをしたり、ニーハイブーツに革《かわ》ジャンでポーズを決めた写真がならんでいる。

雛乃《ひなの》ちゃんがまねしたコーデの写真もあった。モノトーンの花柄《はながら》とチェックの組み合わせ。さすがに雛乃ちゃんよりこなれている。おなじ組み合わせでも、花の大きさやチェックの太さのバランスがいいの。赤いベルトとサンダルがきいてて、たしかにおしゃれ。

それに着ているものが、みんな高そう。

「最近《さいきん》のお気にいり」というコーナーを見て、うそって思った。

アライグマの顔のバッグ。

イタリアの高級《こうきゅう》ブランドのバッグで、六万円もする。ママのデパートのカタログで見たから、まちがいない。「子ども用にしては高すぎるわよね」って、ママもいってた。

「テストで百点をとったごほうび」なんですって。

なんだろう。初音《はつね》ちゃんの笑顔《えがお》を見ていたら、胸《むね》のあたりがもやもやしてきた。

わたしは深呼吸《しんこきゅう》して、最新の記事を読んでみた。

「九月に源氏物語《げんじものがたり》の展覧会《てんらんかい》があることは、お知らせしましたね。母も組織委員《そしきいいん》のひとりなんですよ。コラボイベントがたくさんあって、注目は小学校高学年対象《たいしょう》の絵あわせです。」

絵あわせ？

カードゲームかと思ったら、そうじゃなかった。左右にわかれて絵をだしあって、どっちがいいかを競《きそ》うみたい。

お題《だい》は『光源氏《ひかるげんじ》とデート』。

「秋（九月）に光源氏とデートするという設定《せってい》で、着物をデザインします。平安《へいあん》時代のデートは、男性《だんせい》が女性のおうちにくるのがふつうでした。そんなとき、お姫《ひめ》さまがはおっていたのは小袿《こうちぎ》です。

相手はセンス抜群《ばつぐん》の貴公子《きこうし》、光源氏。すてきな小袿でなければ、ふられてしまいますね。

もちろん、わたしも応募《おうぼ》します！

アイデアがたくさんうかんできて、わくわくするわ。」

イベントのホームページを見てみると、小袿のイラストがのっていた。下は赤い袴《はかま》に白い単《ひとえ》で、その上にはおる小袿をデザインするらしい。

自分で考えた小袿には「そよ風」とか「雪あかり」みたいな名前をつけるの。ネーミン

絵あわせ
ステキなデザインを考えてね！
小袿
こうちぎ
光源氏とデ

グのセンスも、審査《しんさ》ポイントなんですって。

なんだか、おもしろそう。

三パターンの絵を送ると八人がえらばれて、京都《きょうと》でのトーナメントに出場できる。しめきりは五月のおわり。優勝《ゆうしょう》すれば、賞金《しょうきん》と着物の仕立券《したてけん》がもらえる。

よおし。わたしも絵あわせに挑戦《ちょうせん》しようっと。

じまんじゃないけど、センスには自信《じしん》があるの。イラストも、けっこうとくい。『源氏物語《げんじものがたり》』は紫式部《むらさきしきぶ》が書いたってことしか知らないけど、なんとかなるわよね。

そこでわたしはとびっきりの小袿《こうちぎ》をデザインして、応募《おうぼ》したというわけ。それが宝《たから》さがしにつながるなんて、思わずにね。

2 シルバーウィークの誤算《ごさん》 リック

シルバーウィークの予定がかわった。

もともとはおばあちゃんのおともで、京都《きょうと》の歩美《ふみ》ちゃんのところに行くはずだった。

歩美ちゃんというのは、お父さんの妹。つまりおばさんなんだけど、むかしから歩美ちゃんとよんでいるんだ。

だけどおばあちゃんが足をくじいて、旅行できなくなった。人間は年をとると、なにもないところでもころぶらしい。

うちひとりでもいいから遊びにくればって、歩美ちゃんはいっている。今年のシルバーウィークは四日間休みになるから、いい機会《きかい》ではあるんだ。

「いま『源氏物語《げんじものがたり》の世界《せかい》』展《てん》をやっているの。公家屋敷《くげやしき》の特別公開《とくべつこうかい》もあるのよ。陸《りく》もたまには、みやびな王朝文化《おうちょうぶんか》に親《した》しんだら？」だって。

みやびっていうけど、『源氏物語《げんじものがたり》』はびちびちうんこではじまるんだよね。

あ、びちびちうんこっていうのは、うちらの仲間《なかま》では「いじめ」ってこと。すごくきたないことだからね。

光源氏《ひかるげんじ》のお母さんの桐壺《きりつぼ》の更衣《こうい》は、帝《みかど》の寵愛《ちょうあい》をひとりじめにする。桐壺はもともと身分《みぶん》が高くないから、ほかのお妃《きさき》たちはねたんで、桐壺をいじめた。汚物《おぶつ》をまいた廊下《ろうか》にとじこめたり、かなりえげつない。いじめを苦《く》にした桐壺の更衣は、光源氏を産《う》むと、すぐに死んでしまう。

自分より下だと思っていた人間が出世《しゅっせ》するのが、がまんできないんだな。千年以上前《いじょうまえ》から、そういう連中《れんちゅう》がいたんだよ。

歩美《ふみ》ちゃんにはわるいけど、『源氏物語』展《てん》はどうでもいい。それより応仁《おうにん》の乱《らん》の跡地《あとち》をまわりたい。おばあちゃんがいないぶん、自由にうごきまわれる。

学校に行くと、アンがよってきた。

アンは、うちの茶《ちゃ》のみ友だちだった千鶴子《ちづこ》さんの親戚《しんせき》だ。千鶴子さんが亡《な》くなったので、アン母娘《おやこ》は千鶴子《ちづこ》さんのお屋敷《やしき》に越《こ》してきた。そういう縁《えん》がなきゃ、アンとは友だちにならなかったろうな。本来《ほんらい》からいうと、アンは苦手なタイプの女子なんだ。話題はおしゃればかりで、歴史《れきし》には興味《きょうみ》がない。うちは女子っぽいかっこうがきらいなのに、アンはきょうも、目がちかちかするようなピンクの服を着ている。

「リック、わたしね、シルバーウィークに京都《きょうと》に行くことになったの！」

「は？　なんで？」

「絵あわせのトーナメントにでるの！」

「絵あわせ？」

「源氏物語《げんじものがたり》にもでてくる遊びよ。平安女子《へいあんじょし》の着物の絵をだしあうの。」

「てことは、十二単《じゅうにひとえ》？」

「ううん。それはフォーマルウェアで、おうちでは小袿《こうちぎ》をはおっていたんですって。テーマは『光源氏《ひかるげんじ》とデート』なの。」

光源氏とデート。

そのイベントを企画《きかく》したひととは、友だちになれない気がする。

「で、その絵あわせが京都《きょうと》であるわけ？　ずいぶんぎりぎりに知らせてくるんだね。」

「次点《じてん》だったのが、くりあげになったの。イラストをだしたのは大昔だから、わたしもすっかりわすれてて。」

「大昔って？」

「五月。」

「今年の五月が大昔なら、新石器《しんせっき》時代はどうなるわけ？」

「ものすっごく大昔。」

きくんじゃなかった。

「でもまあ、やったじゃん。おめでとう。」

「それでリックも、おばあちゃんと京都に行くっていってたわよね。」

「うん。」

「どうしたの？」

「いや、おばあちゃんが足をくじいてさ、行けなくなったんだ。」

「あら、たいへん。入院《にゅういん》してるの？」

「いや、たいしたことはないんだけど、旅行はね。」

「じゃあ、リックひとりで行くの？」

「おそらく。」

「おばさんのところに泊《と》まるんでしょ？　おばさんって結婚《けっこん》してるの？」

「独身《どくしん》で、ひな人形師《にんぎょうし》の修業中《しゅぎょうちゅう》。」

「え、おひなさまをつくってるの？」

「うん。平安《へいあん》時代のしきたりどおりの装束《しょうぞく》をした、ひな人形なんだけどね。」

「わあ、すてき。わたし、そのおばさんと話があいそう。」

それはどうだろう。

「連休《れんきゅう》だからデパートがいそがしくて、ママは時間がとれないの。それでリックはおばあちゃんとふたりで泊まる予定だったのが、ひとりで泊まることになったのね。」

なんか、話のながれがよめてきた。

「で、アンのほうは京都《きょうと》に行くつもりじゃなかったから、連休《れんきゅう》なのにホテルも予約《よやく》してないってこと？」

アンはわざとらしく、まばたきをした。

「リックのおばあちゃんにはわるいけど、これって運命《うんめい》なのかも。でも、とつぜんおばさんのところに泊《と》めてもらおうなんて、ずうずうしいわよね。」

うん。

アンにじっと見つめられて、うちはしかたなくいった。

「きいてみるよ、歩美《ふみ》ちゃんなら、だいじょうぶだと思うけど。」

「リックのおばさんって、歩美ちゃんっていうの？　いくつ？」

「三十九歳《さい》七か月。」

「じゃあ、ママより年上ね。それからおばあちゃんの新幹線《しんかんせん》のチケットとか、もうキャンセルした？」

「してない。」

「わあっ、よかった。チケット代ははらうから、それをつかわせてね。『源氏物語《げんじものがたり》』がテーマだから、リックもたのしみでしょ？　絵あわせなんて、めったに見られないものね。」

アンはスキップして、席《せき》についた。

日本史《にほんし》でいちばん興味《きょうみ》がないのが、平安朝《へいあんちょう》の貴族《きぞく》文化だっていうのに。なんだか、雲行《くもゆ》きがあやしくなってきたぞ。

3　荷物は少なめに　アン

「アン、もっと荷物をへらさないとだめよ。」

わたしの旅じたくを見て、ママがいった。

「唐津《からつ》のときみたいに、旅館《りょかん》に泊《と》まるんじゃないんですもの。よそのお宅《たく》で大荷物をひろげるのは失礼《しつれい》よ。」

「わかってるけど、九月ってむずかしいんだもん。秋らしくしたいのに、まだまだ暑いし。」

「リックのおばさまへのおみやげも持っていくんだし。電話では気さくなかただったけれど、ほんとうにおじゃましていいのかしら。」

「だいじょうぶよ。それより絵あわせで着るの、これでいいと思う？」

わたしはワンピースを着て、鏡《かがみ》の前に立った。

あわいペパーミント地《じ》に、クリームピンクのバラ柄《がら》のワンピース。従業員割引《じゅうぎょういんわりびき》で買ってもらった新品だ。かわいいけど、秋より春っぽい気がする。

「だいじょうぶ、アンによく似《に》あってるわ。バラは秋にも咲《さ》く花だし、源氏物語《げんじものがたり》のイベントだから、和風なテイストがあるところがいいと思うの。」

さすがに、プロはいうことがちがう。

「たしかに、バラ柄は五月より秋のほうがおしゃれかも。京都《きょうと》だから、着物の子もいるだろうな。」

初音《はつね》ちゃんは、どんなかっこうでくるんだろう。

じつは「セレブガール・スタイル」の初音ちゃんも、予選《よせん》に通ったの。ブログにでていたから、まちがいない。

「初音ちゃんの家って、すっごいお金持ちなの。高級ブランドの服とか着てきそう。」

「そんな小学生がいたら、ちっともエレガントじゃないわね。」

ママはにっこりわらって、細長い箱をさしだした。

「これは、ママからのささやかなお祝《いわ》い。」

箱からでてきたのは、かわいい扇子《せんす》だった。紅色《べにいろ》で、こっくりした色のバラがかいてある。

「わあ、すてき！」

ひろげて手に持つと、いっきに秋らしい雰囲気《ふんいき》になった。わたしはうれしくて、ママにだきついた。

「ママ、ありがとう！」

「気にいってくれて、ママもうれしいわ。全国で八人に入るなんて、たいしたものよ。」といっても、くりあげの八位だけど。

すっと、ママの顔がかげった。

「ごめんなさいね、せっかくの晴《は》れ舞台《ぶたい》なのに、ついていってあげられなくて。伝兵衛《でんべえ》さんも京都《きょうと》には行けないし。市川《いちかわ》のれん会フェスタの世話役《せわやく》なんですって。なんとか調整《ちょうせい》しようとしたんだけれど……。」

伝兵衛さんは、この家の持ち主だった千鶴子《ちづこ》さんから、市川の海産物店《かいさんぶってん》「波左間屋《はざまや》」をひきついだひと。ママはこの夏、伝兵衛さんにプロポーズされたの。

「だってお仕事だもの、しかたないよ」と、わたしはけなげにいった。

「いままでだって、アンにさんざんさみしい思いをさせてきたでしょう。それでね、ママ、決心したの。デパートの仕事はやめることにするわ。」

「え？　だって、再婚《さいこん》しても仕事はやめないっていってたじゃない。」

「誤解《ごかい》しないで。デパートを退職《たいしょく》するだけで、仕事をやめるつもりはないわ。」

「じゃあこの家を改装《かいそう》して、お店をはじめるの？」

「まだ、そこまではね。結婚《けっこん》したら、伝兵衛《でんべえ》さんもこの家に越《こ》してくるし。」

「そっか。いま伝兵衛さんがいるの、ワンルームマンションだもんね。」

「とりあえずフリーで、ファッションソムリエをしようと思うの。なにを着ていいかわからなくてこまっているひとって、ほんとうに多いのよ。デパートの仕事もたのしかったけれど、売り上げを優先《ゆうせん》させなくちゃいけないし、時間も自由にならないから。前から独立《どくりつ》は考えていたんだけれど、ちょうどいい節目《ふしめ》だと思って。」

「すてきすてき。ママなら、きっとうまくいくわよ。わたしも応援《おうえん》しちゃう。」

「三人で暮《く》らすことになるから、千鶴子《ちづこ》さんの荷物も整理《せいり》しないといけないわね。」

ママはほおっと、ため息をついた。

ここは遺産《いさん》でもらった家だから、千鶴子さんの荷物が、いっぱいのこっているの。

「伝兵衛さんの荷物が少ないのがすくいね。」

わたしはしかたなく、京都《きょうと》行きの荷物をへらした。三泊《ぱく》四日なのにスーツケースとドレス用のガーメントバッグだけなんて、不安《ふあん》。

荷物といえば、気になることがある。

ママの部屋にはパパの遺品《いひん》がつまったかばんと、パパからのラブレターをいれた箱が、たいせつにとってあるの。

伝兵衛《でんべえ》さんとここで暮《く》らすことになったら、ママはあれを、どうするつもりかしら。

4　平安時代《へいあん》の真実　リック

新幹線《しんかんせん》は速すぎる。

ほんとうはもっとゆっくり、車窓《しゃそう》の景色《けしき》をたのしみたい。京都《きょうと》の手前で、関ケ原《せきがはら》も通るのに。

となりで眠《ねむ》っていたアンが、花柄《はながら》のアイマスクをはずした。

「いまどこ？」

「浜名湖《はまなこ》をすぎたとこ。そういや唐津《からつ》のときは『平家物語《へいけものがたり》』で、こんどは『源氏物語《げんじものがたり》』がらみだね。まあ、両方とも源氏がらみだけど。」

アンは、カエルでものみこんだような顔をした。

「うっそ！　光源氏《ひかるげんじ》の源氏って、平家をほろぼした源氏と、おなじ源氏なの？」

「ここは車内だから、六十デシベル以上《いじょう》の声はひかえようよ。」

「すっごい！　大発見！」

アンは、なぜか本気で興奮《こうふん》している。

「じゃあ光源氏《ひかるげんじ》って、本名は源光《みなもとひかる》なのね！　むかしは外国みたいに、名前が先だったの？」

「光源氏は『光りかがやく源氏《げんじ》の君《きみ》』って意味だよ。超《ちょう》イケメンで頭がよくて、歌も踊《おど》りも一流《いちりゅう》。書も絵も楽器《がっき》も、かなうものはないっていうんだから。」

「すごい。スーパーアイドルも真《ま》っ青《さお》ね。」

「完璧《かんぺき》すぎて、うそくさいけどね。」

「じゃあ光源氏の子孫《しそん》が、平家《へいけ》とたたかったの？」

「ちがう。『源氏物語《げんじものがたり》』は、まったくのフィクションだもん。平家をほろぼした源頼朝《みなもとのよりとも》は、実在《じつざい》の人物《じんぶつ》。」

「光源氏って、すっごくもてたんでしょ？」

「もてたっていうか、やたらと女に手をだすんだよ。」

だからきらいなんだ。まあ、平安時代《へいあんじだい》は一夫多妻制《いっぷたさいせい》で、奥《おく》さんを何人ももつことができたんだけど。

「おまけに『源氏物語《げんじものがたり》』にでてくる男って、なにかっていうと、すぐ泣《な》くしさ。めめしいったらありゃしない。」

「きっと繊細《せんさい》なのよ。じゃあ『源氏物語』も『平家物語《へいけものがたり》』も、けっきょく源氏が勝つって話なのね。紫式部《むらさきしきぶ》も、源《みなもと》さんだったの?」

「そこがおもしろいんだけどね。紫式部は藤原氏《ふじわらし》なんだ。」

「藤原さん?」

「紫式部っていうのはニックネームで、本名《ほんみょう》はわかってないんだよ。藤原氏っていうのは奈良《なら》時代から、天皇家《てんのうけ》とむすびついて朝廷《ちょうてい》をうごかしてきた一族でさ。藤原ばっかりわんさといるから、名前おぼえるのがたいへんなんだ。」

「藤原さんがそんなにえらいなんて、知らなかったわ。」

「平安貴族《へいあんきぞく》として頂点《ちょうてん》をきわめたのが、藤原道長《ふじわらのみちなが》。道長は娘《むすめ》三人を天皇の后《きさき》にして、権力《けんりょく》をにぎった。『源氏物語』が評判《ひょうばん》になった紫式部は、道長に見こまれて、道長の娘である彰子《しょうし》の女房《にょうぼう》になったんだ。」

「女房？　女のひとの？」

「女房といっても奥《おく》さんじゃなくて、女官《にょかん》ってこと。彰子の教育係《きょういくがかり》ってところだね。彰子は中宮《ちゅうぐう》で、帝《みかど》のお后《きさき》のなかでも最高《さいこう》の身分《みぶん》だった。だから彰子につかえるのは名誉《めいよ》なことなんだけど、紫式部《むらさきしきぶ》は宮仕《みやづか》えがいやでしかたなかったらしい。」

「どうして？」

「ひとに顔を見られるから。」

「紫式部って、そんなにブスだったの？」

まわりの乗客《じょうきゃく》が、くすくすわらっている。

「じゃなくて、平安貴族《へいあんきぞく》の女性《じょせい》は家のなかにひきこもって、すがたを見せないのがふつうだったんだよ。ずるずるした着物を着て、家のなかでも立って歩かないで、ひざをついて移動《いどう》していたんだ。平安時代に生まれなくてよかったよ。」

「立って歩けないなんて、不便《ふべん》ね。きゅうにトイレにいきたくなったら、どうするのかしら。」

わからないけど、いちいちたいへんだったと思う。

「でもやっぱり、わたしは平安時代《へいあんじだい》のお姫《ひめ》さまに生まれたかったわ。きれいな十二単《じゅうにひとえ》を着てお花見なんて、あこがれちゃう。」

「あのさ、平安時代っていったって、ひたすら平安だったわけじゃないんだよ。平安京《へいあんきょう》では盗賊団《とうぞくだん》があばれまわっていたし、放火《ほうか》はしょっちゅうだし、鴨川《かもがわ》も氾濫《はんらん》をくりかえしていた。疫病《えきびょう》がはやっても手だてはないし、もののけやたたりはこわいし、みんなびくびくしてくらしてたんだ。平安どころか不安《ふあん》時代だよ。」

「夢《ゆめ》をこわさないでよ。でもリックって、ほんとになんでも知ってるのね。」

「てか、『源氏物語《げんじものがたり》』に関《かん》しては歩美《ふみ》ちゃんの受《う》け売《う》りなんだ。歩美ちゃんはもともと日本文学が専門《せんもん》で、短大《たんだい》で講義《こうぎ》もしてたから。」

「えっ。大学の先生だったの？」

「非常勤講師《ひじょうきんこうし》ってやつ？　でも四年前、いきなり京都《きょうと》に行って人形師《にんぎょうし》になるっていってさ。あれにはびっくりしたな。」

「じゃあ、もともと京都のひとじゃないの？」

「千葉《ちば》生まれの千葉育ち。京都《きょうと》に行くまでは、いっしょに住んでたんだ。だから京都じゃたいへんなんだって。歩美《ふみ》ちゃんによれば、京都は公家文化圏《くげぶんかけん》だから。」

「ねえ、歩美ちゃんってリックに似《に》てる？」

アンが、なぜか不安《ふあん》げにうちを見た。

「似てない。おなじ石松家《いしまつけ》でも、系統《けいとう》のちがう顔なんだよ。性格《せいかく》もぜんぜんちがうし。」

「ほんと？」

「うん。歩美ちゃんって、ちょっとかわってるんだ。」

5 歩美《ふみ》ちゃん　アン

京都駅《きょうとえき》の改札《かいさつ》で十一時にまちあわせをしたのに、リックのおばさんはあらわれない。

おまけに、京都は暑い。東京よりずっと、むしむしする。

「京都駅って、建設中《けんせつちゅう》の工場みたいだね。もっと古都《こと》らしくすればいいのに。」

リックはのんびりしているけど、だいじょうぶかしら。絵あわせの出場者は、お昼までに会場に入らないといけないの。ほんとうならもっと早くきたかったんだけど、ゆずってもらった切符《きっぷ》だから、ぜいたくはいえない。

外国人観光客《かんこうきゃく》もいっぱいいて、駅はごったがえしていた。外に見えるバスは抹茶色《まっちゃいろ》で、さすが京都。

それにしても、変人《へんじん》のリックがかわってるっていうおばさんは、どんなひとなのかしら。

ひとごみをすりぬけて、ぽっちゃりした女のひとが、ころげるように走ってきた。

だぶっとした黒シャツに、黒のロングスカート。髪《かみ》をくって、黒ぶちの眼鏡《めがね》をかけている。お化粧《けしょう》っけのない顔に、ほそいまゆ。

「おそい！」

仁王立《におうだ》ちのリックが文句《もんく》をいう。

え？　このひと？

「ごめんごめん。まだ時間があると思ってたら、うっかりして。」

「そんなことだろうと思った。」

リックのおばさんは鼻をてからせて、ぜえぜえいっている。

「はじめまして、花畑杏珠《はなばたけあんじゅ》です。このたびはお世話《せわ》になります。」

わたしはエレガントにあいさつをした。

「あっ、あなたがアンちゃんね。どうもうちの陸《りく》が、お世話になってます。」

おばさんは、ひょこっと頭をさげた。童顔《どうがん》で、ママとはちがう意味で若《わか》く見える。

「お昼どうする？」と歩美《ふみ》ちゃんがリックを見る。

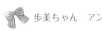

「新幹線《しんかんせん》で早弁《はやべん》食べた。」

「じゃあ直接《ちょくせつ》会場に行く？　連休《れんきゅう》で道が混《こ》んでるから、地下鉄《ちかてつ》で行きましょう。陸《りく》、おばあちゃんの具合《ぐあい》はどう？　しばらく見ないあいだに、また男っぷりがあがったじゃない。」

歩美《ふみ》ちゃんって、いいひとそう。髪型《かみがた》とファッションはかえたほうがいいけど、変人《へんじん》には見えない。

歩美ちゃんはわたしのことをじっと見て、目をほそくした。

「いとをかし。」

「え？　わたし、そんなにへんですか？」

「ちがうちがう。平安《へいあん》時代の言葉で『とってもすてき』ってことよ。ほんとに、陸《りく》のお友だちには見えないわねえ。遠慮《えんりょ》せずに、わたしのことは歩美《ふみ》ちゃんってよんでね。でもすごいわ。全国で八人に入るなんて……。」

そのとき大きなリュックのひととぶつかって、歩美ちゃんは悲鳴《ひめい》をあげた。

「あなや。」

え？

リックはまゆをあげた。

「歩美ちゃん、おねがいだから古語《こご》でおどろかないでよ。」

「ごめんごめん、心は平安人《へいあんびと》だから。」

だめ。やっぱりかわってる。

「八人のなかに男子はいるの？」と歩美ちゃんがこっちをむいた。

「え？　あ、ひとり。」

「ひとりかあ。男子はぜったい入ってほしいよね。源氏物語《げんじものがたり》でも、女性《じょせい》の着物をえらぶのは光源氏《ひかるげんじ》だし。」

「そうなんですか？」

歩美《ふみ》ちゃんの目が、眼鏡《めがね》の奥《おく》で光った。

「『玉鬘《たまかずら》』の帖《じょう》に『衣配《きぬくば》り』っていう有名《ゆうめい》な場面があるのね。天皇《てんのう》や高位《こうい》の貴族《きぞく》は年末になると、まわりの女性に衣装《いしょう》を贈《おく》るならわしがあったの。だから光源氏も、すごい量《りょう》の着物を用意したのよ。それが富《とみ》と権力《けんりょく》のあかしでもあったわけ。光源氏は、それぞれの女性にあったコーディネートを考えてプレゼントしたの。」

「すてき！」

「贈られた女性は、新年にそれを着て光源氏をむかえたのよ。」

やっぱり、平安《へいあん》時代って優雅《ゆうが》。

地下鉄《ちかてつ》も、けっこう混《こ》んでいた。座席《ざせき》のシートは抹茶色《まっちゃいろ》だ。歩美ちゃんは、よれよれのハンカチで顔をあおいでいる。

「それでアンちゃん。源氏物語《げんじものがたり》の『絵合《えあわせ》』は読んだ？」

「読んでません！」

「そ、そうなんだ。絵あわせっていうのは、物《もの》あわせの一種《いっしゅ》なのよ。」

「ものあわせ？」

「左右にわかれて物をだしあって、どっちが上かくらべる遊びね。虫だったり貝だったり、物語や歌、めずらしいのでは菖蒲《しょうぶ》の根《ね》っことか。」

「根っこ？」

「どっちの根っこがりっぱかくらべるわけ。いまはモバイルゲームがはやりだけど、平安《へいあん》時代の宮中《きゅうちゅう》では、物あわせはいちばん人気のあるゲームだったのよ。」

わたしはガイドブックを読んでいるリックを、ちらりと見た。根っこをくらべあってたなんて、やっぱり平安時代は平安じゃない。

「光源氏《ひかるげんじ》は帝《みかど》の御前《ごぜん》で絵あわせをして、最後《さいご》の勝負で、自分がかいた絵日記を披露《ひろう》して勝つの。かくし玉《だま》を最後までとっておいたのね。彼《かれ》には、そういう計算高《けいさんだか》いところがあるのよ。」

「わたしは、いちばん気にいってるのを最初《さいしょ》にだすことにしたんです。トーナメント形式だから、いいのをとっておいて、負けちゃってもつまらないし。」

「それがいいかもね。審査員《しんさいん》は、みんな大人《おとな》？」

「かな？　もらった紙に書いてあったかも。」

わたしはショルダーバッグから案内状《あんないじょう》をとりだして、歩美《ふみ》ちゃんに見せた。

「どれどれ。京大の西野映子《にしのえいこ》、扇子《せんす》作家の橋場永泉《はしばえいせん》、染色家《せんしょくか》の黒川辰也《くろかわたつや》、結城屋《ゆうきや》の女将《おかみ》に日本画《にほんが》の来嶋幸太郎《きじまこうたろう》か。審査員は男性《だんせい》のほうが多いのね。わたしだったら、小学生に審査させるけどなあ。あれ？　高桐初音《たかぎりはつね》って、高桐家の娘《むすめ》さんじゃない。」

「高桐家って、そんなに有名《ゆうめい》なんですか？」

「近衛家《このえけ》や冷泉家《れいぜいけ》ほどメジャーじゃないけど、系図《けいず》をたどれば藤原道長《ふじわらのみちなが》がいる旧家《きゅうか》のひとつよ。もとはお公家《くげ》さんね。」

「オクゲさん？」

「武士《ぶし》じゃなくて、朝廷《ちょうてい》につかえていたひとたち」とリック。「さすがに京都《きょうと》は奥《おく》が深いな。東京は、さかのぼっても江戸《えど》どまりだもん。」

初音《はつね》ちゃんって、すごい藤原《ふじわら》さんの一族なのね。それこそ、おうちにお宝《たから》がありそう。

歩美《ふみ》ちゃんは、眉間《みけん》にしわをよせている。

「アンちゃん以外《いがい》の七人はみんな関西勢《かんさいぜい》か。関東人《かんとうじん》は分《ぶ》がわるいかもね。」

「どうして？」

「源氏物語《げんじものがたり》の『東屋《あずまや》』にもでてくるんだけどね。都人《みやこびと》から見れば、関東人は身分《みぶん》がいやしくて、教養《きょうよう》がなくて、あるのは物欲《ぶつよく》だけで、ばかすか食《く》ってるだけの連中《れんちゅう》なのよ。関東なんて、ど田舎《いなか》で暗黒《あんこく》の無法地帯《むほうちたい》ってわけ。」

「ひどい。」

「いいところはひとつだけで、二心《ふたごころ》がないこと。つまり表裏《おもてうら》がないってことね。都人がそう思ったたってことは、どういうことかわかる？」

わたしが考えていると、リックが答えた。

「自分たちには二心があるって、自覚《じかく》してたんだよ。」

6　控室《ひかえしつ》　リック

絵あわせの会場は、文化博物館《ぶんかはくぶつかん》のホールだった。

控室《ひかえしつ》をのぞいて、アンについてきてよかったと思った。出場者たちは親戚《しんせき》にとりかこまれて、世話《せわ》をやかれている。ひとりっきりでこんなところにほうりこまれたら、いたたまれないよ。

「ねえ、うしろにしわがよってない？　汗《あせ》かいちゃったし、シャワーあびたい。」

アンは、めずらしくナーバスになってる。

「だいじょうぶだよ、客席《きゃくせき》からしわなんか見えないって。」

「陸《りく》、よけいなこといわないの。それよりアンちゃん、よかったら髪《かみ》をなおしてあげるわ。」

歩美《ふみ》ちゃんはてぎわよく、アンの髪《かみ》をいじってリボンをむすびなおした。

「わあ、じょうず。お人形《にんぎょう》の髪も結《ゆ》ってるんですか？」

「まあね。頭師《かしらし》としては、まだまだ修業中《しゅぎょうちゅう》だけど。」

「かしらし？」

「お人形の頭をつくる係のこと。手足や衣装《いしょう》や小道具とか、パーツごとに担当《たんとう》が決まっていてね。人形師っていうのは、ぜんぶをまとめあげる総合《そうごう》プロデューサーなのよ。」

満足《まんぞく》げに鏡《かがみ》をのぞきこんでいたアンが、「あ、初音《はつね》ちゃんだ」とつぶやいた。

控室《ひかえしつ》に入ってきた派手《はで》な子が、藤原《ふじわら》氏《し》の末裔《まつえい》らしい。サングラスをはずして、こっちを見てる。なんか、性格《せいかく》わるそう。

参加者《さんかしゃ》の八人がリハーサルによばれると、うちは歩美ちゃんとロビーにでた。

「お母さんが仕事なのはわかるけど、アンちゃんの親戚《しんせき》とか、ほかにいないの？」

「おじいちゃんおばあちゃんはもういなくて、お母さんの弟はイギリスにいるんだって。亡《な》くなったお父さん関係《かんけい》のことは、知らないけど。でもアンのお母さんはもうすぐ、波左《はざ》間屋《まや》の伝兵衛《でんべえ》さんと再婚《さいこん》するんだよ。」

「伝兵衛《でんべえ》さんね。うっすらおぼえてるわ。やさしそうなひとよね。」

そこで歩美《ふみ》ちゃんは、ふっと顔をくもらせた。

「アンちゃん、いきなり初音《はつね》ちゃんとあたらないといいわね。服がかぶってるし。」

「どこが？」

「陸《りく》にいっても、しかたないか。それより、あそこに金茶色《きんちゃいろ》の着物のひとがいるでしょ？」

歩美ちゃんの視線《しせん》の先には、眼鏡《めがね》をかけた着物のおばさんがいた。いかにも我《が》の強そうな顔だ。関係者《かんけいしゃ》っぽい背広《せびろ》のおじさんたちが、ぺこぺこしている。

「あれが初音ちゃんの母親の、高桐華恵《たかぎりはなえ》。実家《じっか》は呉服商《ごふくしょう》の結城屋《ゆうきや》だから、審査員《しんさいん》の女将《おかみ》とは姉妹のはずよ。」

「じゃあ、親戚《しんせき》が審査員なんだ。」

「うちの師匠《ししょう》のお孫《まご》さんが、初音ちゃんとおなじ小学校でね。初音ちゃんは大人《おとな》の前では優等生《ゆうとうせい》だけど、裏《うら》にまわるといじめっ子なんですって。自分がいちばんじゃないと気がすまなくて、えげつないことをするらしいの。でも母親は『うちの姫《ひめ》がぜったい正しい』って、ゆずらないわけよ。」

姫《ひめ》ねえ。

「うちの学校にもいるよ。自分の子どもの非《ひ》は、ぜったいにみとめない親。」

「旧家《きゅうか》のひとって伝統《でんとう》は重んじるけど、意外《いがい》に堅実《けんじつ》なのよ。だけど華恵《はなえ》ってひとは派手《はで》ずきで、やたらとマスコミにでたがるの。ほら、見学できる公家屋敷《くげやしき》があるっていったでしょ。あれが高桐家《たかぎりけ》なのよ。」

「へえ。」

「実家《じっか》の結城屋《ゆうきや》が金持ちだから、だんなさんも強いことがいえないみたい。それに高桐家は有名《ゆうめい》な絵師《えし》が何人もでている『絵の家』なの。そこの娘《むすめ》が初戦敗退《しょせんはいたい》でもしたら、おおごとよ。」

「メンツがかかってるってわけか。それもたいへんだね。」

「光源氏《ひかるげんじ》の絵あわせだって、目的《もくてき》は絵が好《す》きな天皇《てんのう》の気をひいて、自分の養女《ようじょ》を中宮《ちゅうぐう》にするためだったんだもの。権力闘争《けんりょくとうそう》のかけひきであって、お遊びじゃないの。」

「アンとかけひきって、水と油《あぶら》だけどな。」

「でしょうねえ。あんなすなおな子が陸《りく》の親友なんて、意外だわ。」

まあ、それは自分でも意外だけど。

リハーサルをおえたアンがでてきた。なんだか、うかない顔をしている。

「組み合わせ、どうなった？」

「最終組《さいしゅうくみ》で、五年生の女子が相手。」

「なんか、テンション低くない？」

「そんなことないけど。」

てことは、なにかあったな。

「でられるだけですごいんだから、たのしめばいいのよ」と歩美《ふみ》ちゃんが元気づける。

「そうだよ。源平《げんぺい》でも関ヶ原《せきがはら》でも、東西対決《とうざいたいけつ》は東軍《とうぐん》が勝つんだから。」

アンは心ここにあらずといった顔で、係のひとについていった。

「だいじょうぶかしら。『しめりておはする。いと心苦《こころぐる》し（しずんでいる表情《ひょうじょう》がいたいたしい）。』」

「心配《しんぱい》ないよ。アンって見かけによらず、ずぶといんだ。」

開場時間がきたので、木の香《かお》りがするホールに入った。前の三列は関係者用《かんけいしゃよう》の席《せき》だったけど、アンからうちらが見えるように、なるべく前にすわる。

舞台《ぶたい》の左に赤、右に青のリボンをまいたマイクが立っている。うしろのスクリーンに絵がうつしだされるようだ。『光源氏《ひかるげんじ》とデート』という題字《だいじ》がはずかしい。

そして、絵あわせがはじまった。

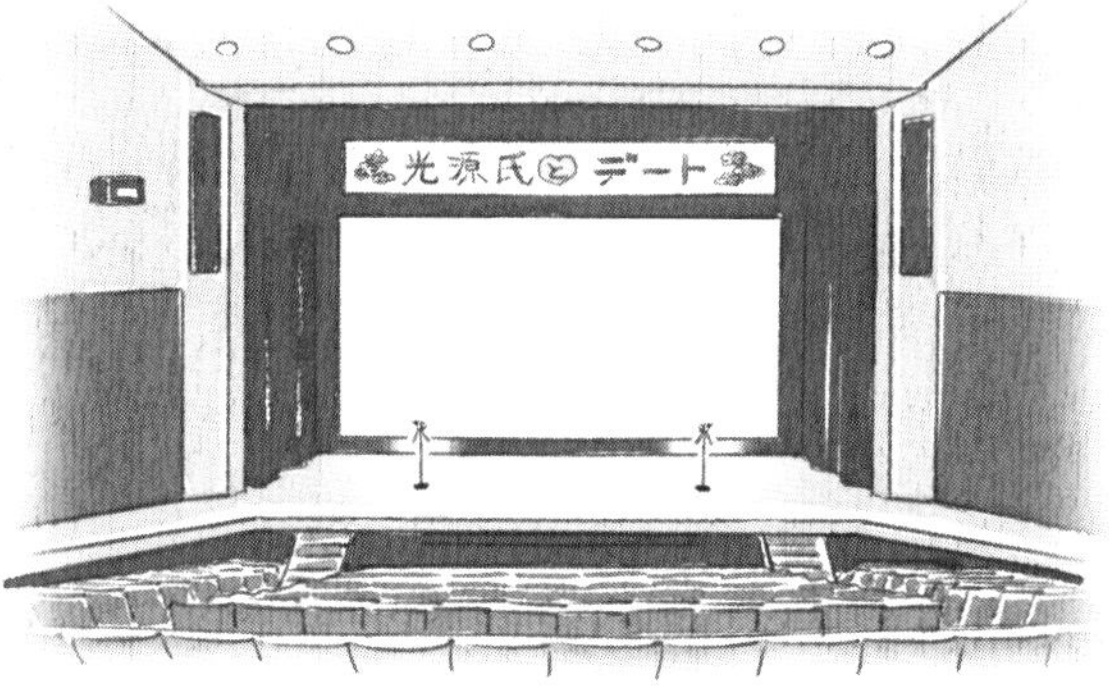

7　どきどきの一回戦　　アン

リハーサルによばれたわたしは、ほかの出場者といっしょにステージに立った。

なまで見る初音《はつね》ちゃんは、すごくほそくてかわいかった。でも、着ているものが問題。

初音ちゃんも、バラのワンピースなの！

初音ちゃんのは赤がベースで、黒いバラのレースがついている。見るからに仕立《した》てがよくて、高そう。色合いはちがうけど、ちょっと気まずい。

初音ちゃんは真珠《しんじゅ》（たぶんほんもの）のイヤリングをして、ハイヒールをはいていた。

「もしかして、千葉《ちば》の花畑《はなばたけ》さん？」

初音ちゃんがにっこりわらって、話しかけてきた。

「あかぬけてはるから、すぐわかったわ。」

「ありがとう！」

よかった。初音《はつね》ちゃんって、いい子みたい。

「わたし、花畑杏珠《はなばたけあんじゅ》。よろしく。」

「高桐初音《たかぎりはつね》です。花畑さんは、光源氏《ひかるげんじ》をつれてきはったん？」

「え？」

「控室《ひかえしつ》でいっしょにいはったの、彼氏？」

びっくりしたけど、リックのことだ。リックは、よく男子にまちがえられるの。

「ううん、ちがう。ただの友だち。ていうか、リックは女の子だし。」

「そうなの。」

初音ちゃんは香水《こうすい》でもつけているのか、すごくいいにおいがする。

「その赤いワンピース、すごくすてき。」

「ありがとう。花畑さんも、よう似《に》おてはるわ。そやけど、着がえは持ってはらへんの？だいぶ汗《あせ》かかはったようやし。」

「え？　わたし、汗くさい？」

初音《はつね》ちゃんは、はっとしたように口に手をあてた。

「いや、どないしょう、へんなこというてしもうて。ごめん、気にせんといてね。」

わたしが自分のにおいをかいでいると、着物のおじいさんが、初音ちゃんに声をかけてきた。

「どうだ、緊張《きんちょう》してるか？」

「もう、胸《むね》がどきどきいうてます。」

おじいさんはわらって、初音ちゃんとしゃべりはじめた。

でも、どうしよう。

「汗《あせ》くさい」って言葉が、頭のなかでダンスしてる。係のひとの説明《せつめい》なんて、耳に入らない。

だめだめ。がんばれ、アン。

リハーサルがおわってロビーに行くと、リックと歩美《ふみ》ちゃんがはげましてくれた。でも、頭がちっともまわらない。

わけがわからないうちに、本番《ほんばん》がはじまっていた。初音《はつね》ちゃんと話していたおじいさんは画家《がか》で、審査員《しんさいん》のひとりだった。

最終組《さいしゅうくみ》でよかった。ほかのひとを見ていれば、段取《だんど》りがわかる。自分の絵がスクリーンにうつしだされたら、小袿《こうちぎ》のデザインや、名前の説明《せつめい》をすればいいのね。それから、相手の絵にコメントをする。

いくつか質問《しつもん》したあと、審査員の先生たちは赤か青の札《ふだ》をだして勝敗《しょうはい》を決める。最初《さいしょ》の絵あわせは、三対《たい》二で赤の勝ちだった。

つぎに登場したのは、ひとりだけの男子、小出優斗《こいでゆうと》くん。眼鏡《めがね》をかけた、きまじめな感じの五年生だ。七五三みたいなスーツを着て、こちこちになっている。

小出《こいで》くんの絵がスクリーンにうつしだされると、わあっと歓声《かんせい》があがった。すごくじょうず!

「秋の音」という小袿《こうちぎ》の柄《がら》は、鈴虫《すずむし》と虫かご。虫はちいさいけど、リアルでうごきだしそう。説明《せつめい》はたどたどしかったけど、結果《けっか》は小出くんの圧勝《あっしょう》。優勝《ゆうしょう》は小出くんかも。

つぎの組で初音《はつね》ちゃんが舞台《ぶたい》に立つと、会場のあちこちから「初音ちゃん!」「初音!」という声があがった。まるでアイドルが登場したみたい。

小袿は紫色《むらさきいろ》に、水色の模様《もよう》。色がすごくきれい。

初音ちゃんは、しゃべりもおちついていた。

「紫は光源氏《ひかるげんじ》にとって、とくべつな色です。母親は桐壺《きりつぼ》の更衣《こうい》で、桐《きり》はうす紫の花を咲《さ》かせます。初恋《はつこい》のひとは、母親の桐壺に似《に》ている藤壺《ふじつぼ》。もちろん藤の花は紫色です。そして藤壺の親戚《しんせき》で、光源氏最愛《さいあい》のひとは紫《むらさき》の上《うえ》。つまり光源氏は一生のあいだ、紫にゆかりがある女性《じょせい》を追いもとめたのです。ですから紫の小袿は、光源氏とのデートにぴったりだと思います。単調《たんちょう》にならないように、秋風をイメージした線で動きをだしました。季節感《きせつかん》をだすために、雁《かり》も数羽とんでいます。雁にもかけて、名前は『紫《むらさき》のゆかり』です。」

源氏物語《げんじものがたり》のことをよく知っていて、すごい。審査員《しんさいん》の先生たちも感心《かんしん》している。

対戦《たいせん》相手の「あかね」は、トンボの柄《がら》。初音《はつね》ちゃんは「光源氏《ひかるげんじ》にトンボがえりされたらこまりますね」なんてコメントして、うけていた。

結果《けっか》は四対《たい》一で初音ちゃんの勝ち。さっそうと舞台《ぶたい》そでにもどった初音ちゃんは、すれちがうとき「おさきに」といってくれた。

そしていよいよ、わたしの出番。

わたしは深呼吸《しんこきゅう》して、赤いリボンのマイクの前に立った。照明《しょうめい》がまぶしい。相手の丸野《まるの》綺羅《きら》ちゃんは、おしゃまな感じの子だ。客席《きゃくせき》で「きら、がんばれ」という幕《まく》がゆれている。親戚《しんせき》や友だちが、いっぱい応援《おうえん》にきているみたい。

とつぜん「アン！」という太い声がひびきわたった。リックだ！

会場のひとたちはわらっていたけど、うれしい。リックと歩美《ふみ》ちゃんの顔が見えると、すこし気分がおちついた。

綺羅ちゃんの小袿《こうちぎ》は、「紅葉《もみじ》の宴《うたげ》」。

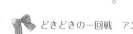

真《ま》っ赤《か》に紅葉《こうよう》した葉と、紅葉しかけの葉がまざっている。じつは、わたしも似《に》たようなデザインを考えたのよね。秋に紅葉《もみじ》っていうのはありきたりだから、ボツにしたんだけど。

わたしの小袿《こうちぎ》は「みのり」。

紫《むらさき》のギンガムチェックで、すそはフリル。秋はみのりの季節《きせつ》だから、葡萄《ぶどう》の紫の地《じ》に、いろんな果物《くだもの》のシルエットをあしらったの。デート用の勝負服《しょうぶふく》だから「会えてうれしい！」っていう、わくわくした気持ちをつたえたい。

「おもしろいデザインやけど、平安時代にチェック柄《がら》はないんとちがう？」

大学の先生が、そういった。

「でもわたしが光源氏《ひかるげんじ》とデートするってことは、わたしが平安《へいあん》時代にワープしたということなので」と答えると、なぜか会場がわらいにつつまれた。

「伝統《でんとう》とモダン、どちらもたいせつにしている京都《きょうと》にふさわしい勝負ですね」と、司会《しかい》のお姉さんがまとめた。五人の審査員《しんさいん》たちは、ひそひそと話しあっている。

結果《けっか》は、三対《たい》二でわたしの勝ち。

やった！　一回戦突破《とっぱ》の目標《もくひょう》をクリア！

みのり

もともと補欠《ほけつ》だったんだから、これは逆転勝利《ぎゃくてんしょうり》よね。リックにVサインをすると、リックもVサインをかえしてくれた。

客席《きゃくせき》にむかって手をふっていると、会場のうしろに立っているひとが目に入った。

え？　どうして？

8　意外な二回戦　リック

平安《へいあん》時代の絵あわせは、たんに絵の優劣《ゆうれつ》を競《きそ》うというより、ディベート合戦《がっせん》だったらしい。自分の絵のよさをアピールして、相手の絵をけなす。より説得力《せっとくりょく》のあるほうが、勝者になるというわけだ。

開会の辞《じ》でもそうした説明《せつめい》があったのに、みんな遠慮《えんりょ》しているのか、相手の絵をほめるばかりで、けなそうとしない。それをしたのは初音《はつね》って子だけだった。説明も、よくしらべてある。声に媚《こび》がなきゃ、もっといいんだけど。

いまのところ絵のうまさじゃ小出《こいで》くん、論戦《ろんせん》は初音に分《ぶ》がある。

アンの強みは愛嬌《あいきょう》かな。とにかく一回戦に勝てて、上等《じょうとう》だよ。

「アンちゃんって、ほんとうにファッションが好《す》きなのね。熱意《ねつい》がつたわってきて、よかったわ。」

歩美《ふみ》ちゃんは感心《かんしん》している。

「アンって、なにを着るかで大さわぎするからね。着るもんなんか、どうでもいいのに。たいせつなのは中身だよ。」

「あら、美《び》と風情《ふぜい》にとことんこだわるのが、平安貴族《へいあんきぞく》の世界なのよ。日本人の美意識《びいしき》は、平安時代が原点《げんてん》なんですからね。」

平安びいきの歩美ちゃんは、鼻息《はないき》があらい。

休憩《きゅうけい》時間にロビーにでると、伝兵衛《でんべえ》さんがいたのでおどろいた。めずらしく、ネクタイなんかしめている。

「伝兵衛さん！　どうしたの？」

伝兵衛さんは照《て》れくさそうに、頭をかいた。

「いや、のれん会フェスタの世話役《せわやく》だから、市川《いちかわ》にいなきゃって思っていたんだけどね。うっかり口をすべらしたら、のれん会のみんなにつるしあげられたんだ。『いますぐかけつけないなら、縁《えん》を切る』ってね。だから、新幹線《しんかんせん》にとびのってきたんだよ。」

おお。市川《いちかわ》のれん会、ナイス。

「そうだよね、アンのお父さんになるんだもんね。」

「いや、まだ、その、なんだけど。」

伝兵衛《でんべえ》さんは顔を赤くして、歩美《ふみ》ちゃんにお礼をいっている。

アンがうちらをみつけて、かけよってきた。

「伝兵衛さん！　きてくれたんだ！」

「いや、もっと早くこられればよかったんだけど。でもまにあってよかった。おめでとう。」

「ありがとう！　でも舞台《ぶたい》ってライトがあたって、すっごく暑いの。」

アンはさかんに扇子《せんす》をつかっている。さすがにうれしそうだ。

「すごいじゃん。つぎは二回戦だね。」

「でも相手が小出《こいで》くんだから、むりだと思う。いいのいいの。一回勝てたから、満足《まんぞく》。」

アンはあわただしく楽屋《がくや》にもどっていった。アンらしいな。すっかり元気になっている。

二回戦がはじまるので、うちらは客席《きゃくせき》にもどった。はじめの対戦《たいせん》で初音《はつね》が登場すると、また客席がわいた。

「お色直《いろなお》ししてきたわよ。一回戦とはちがう服だわ。」

歩美《ふみ》ちゃんがささやいたけど、さっきの服が思いだせない。

相手の子の絵は、黄色いオミナエシの「秋野の風」。初音の小袿《こうちぎ》は、月光をイメージした「ひさかた」だ。

「光源氏《ひかるげんじ》と会うので、月の光のかがやきをイメージしました。銀の袿《うちぎ》の上にすける小袿をかさね、金糸《きんし》の刺繍《ししゅう》で光をあらわしています。名前の『ひさかた』は、光の枕詞《まくらことば》である『ひさかたの』からつけました。」

和歌《わか》の知識《ちしき》があるっていうアピールだ。初音《はつね》のスピーチは、よどみない。

「『秋野の風』ですが、わたしならオミナエシはえらびません。花言葉が『はかない恋《こい》』で、縁起《えんぎ》がわるいので。」

へえ。オミナエシの花言葉なんて、よく知ってたな。

「オミナエシは秋の七草《ななくさ》のひとつですが、九月が花のさかりです。着物の世界では『花に遠慮《えんりょ》する』といって、そのときに咲《さ》いている花をさける決まりがあります。季節《きせつ》をさきどりするのが源氏物語《げんじものがたり》の美意識《びいしき》ですから、九月に着るには、オミナエシでないほうがいいですね。」

相手の子は、うまくいいかえすことができなかった。

結果《けっか》は、四対《たい》一で初音の勝ち。

つぎに、アンと小出《こいで》くんが登場した。

小出くんの絵がスクリーンにうつしだされると、客席《きゃくせき》がどよめいた。

小袿《こうちぎ》はその名のとおり「秋の七草」だった。ひとつひとつの花が繊細《せんさい》にえがかれていて、小学生ばなれしたできばえだ。

おしいのは、秋の七草《ななくさ》であるオミナエシがけなされたあとだってこと。小出《こいで》くんも気にしているのか、一回戦より元気がない。もともとちいさな声が、消えいりそうだ。

対するアンは『しらたま』。

こちらは小出くんとちがって、のびのびしている。

「さっきはチェックで、こんどは水玉というわけではありません。この白い玉は、みんな真珠《しんじゅ》です！」

真珠か。月見団子《つきみだんご》かと思った。

「ヨーロッパ貴族《きぞく》の絵で、真珠や宝石《ほうせき》を縫《ぬ》いつけたドレスを見たとき、すごく感動しました。この小袿《こうちぎ》には、大小の真珠と真珠貝《しんじゅがい》、紅《べに》サンゴがついています。ちょっと重いかもしれませんが、十二単《じゅうにひとえ》を着なれているなら楽勝《らくしょう》です。」

よし。またわらいをとったぞ。

「小出くんの絵はすっごくきれいで、わたしもこんな着物がほしいです！」

うーむ。敵《てき》に塩《しお》を送ってどうする。

画家《がか》の審査員《しんさいん》は「小出くんの絵はテクニックはあるが、華《はな》やかさに欠《か》ける」なんて、辛《から》口《くち》のコメントをした。とはいえ絵の出来《でき》とすれば、小出《こいで》くんが上なのはまちがいない。

だけど、予想ははずれた。

結果《けっか》は、三対《たい》二でアンの勝ち。

客席《きゃくせき》もざわついたけど、勝ったアンが、いちばんびっくりしていた。小出くんは負けたのが信《しん》じられないらしく、ぼうぜんとしている。

「すごいすごい、つぎは決勝だよ。ああ、紗和《さわ》さんがいればなあ。」

伝兵衛《でんべえ》さんはさっそく、アンのママにメールしにいった。

「アンにはわるいけど、予想外の結果だね」というと、歩美《ふみ》ちゃんもうなずいた。

「げに（たしかに）。小出くんの絵は『たとふべきかたなし（うまくいえないほど、すばらしい）』だったもの。やっぱり、覇気《はき》がないのが敗因《はいいん》かしら。」

ロビーでまっていてもアンがこないので、うちはトイレにいった。

鏡《かがみ》の前で、着物のおばさんふたりが、おしゃべりをしている。

「いまの勝負、どう思わはった？」

「秋の七草《ななくさ》、ようおましたけどなあ。」

「高桐《たかぎり》のお嬢《じょう》はんも、決勝で絵のうまい男の子はんとあたらんで、よろしおしたなあ。よう知りまへんけど、この絵あわせ、もともと高桐のお嬢はんがいいださはった企画《きかく》やそうやし。」

「いや、ほんまに？」

「審査員《しんさいん》の来嶋《きじま》先生のとこで絵を習てはるゆうし。結城屋《ゆうきや》さんとも、ご親戚《しんせき》ですやろ？」

「そやねえ。えらい偶然《ぐうぜん》ですなあ。」

ようするに、勝負に裏《うら》があるっていいたいんだな。平安《へいあん》時代の女房《にょうぼう》たちも、ああいうまわりくどい会話をしてたんだろうか。

それにしても、アンは決勝戦《けっしょうせん》に、どんな絵をのこしているんだろう？

9　まさかの決勝戦《けっしょうせん》

アン

うそみたい。

伝兵衛《でんべえ》さんがきてくれたのもびっくりだけど、まさか決勝《けっしょう》までくるなんて思わなかった。だめもとだったのに、もしかして優勝《ゆうしょう》？

でも、こまったなあ。三枚目《まいめ》の絵は、死んだパパと関係があるデザインなの。伝兵衛さん、気にしないかしら。

いつのまにか、初音《はつね》ちゃんが前に立っていた。着物に着がえていて、びっくり。目のさめるような、紅《あか》い着物だ。

「わあ、きれい。」

「ありがとう。」

初音《はつね》ちゃんはつやつやと光るくちびるで、ほほえんだ。

「いよいよ決勝戦《けっしょうせん》やね。正々堂々《せいせいどうどう》と勝負したいなあ。」

「うん！」

初音ちゃんは、思わせぶりな顔になった。

「そやし、同情《どうじょう》をひくようなことは、あんまりいわんほうがええんちがうやろか。」

え？

「花畑《はなばたけ》さんもいややろ？　絵やのうて、ええ話で点数かせぎはったと思われたら。」

「なんのこと？」

「亡《な》くならはったお父さんの話をだされたら、だれもなんにもいわれへんしなあ。うまいこと考えはったわ。」

なにもいいかえせないうちに、初音ちゃんは舞台《ぶたい》の反対側《はんたいがわ》へ行ってしまった。

なんで？

どうして初音ちゃんは、わたしの絵がパパと関係があるって知ってるの？

「花畑さん、出番ですよ。」

そう声をかけられて、わたしは頭が真っ白なまま、マイクの前に立った。

反対側《はんたいがわ》に着物すがたの初音《はつね》ちゃんが登場すると、歓声《かんせい》があがるのがわかった。

一回戦は赤いバラのワンピース。二回戦はロイヤルブルーのドレス。そして決勝戦《けっしょうせん》は菊《きく》の振袖《ふりそで》。初音ちゃんははじめから決勝戦にのこるつもりで、着がえを準備《じゅんび》してたのね。

初音ちゃんの絵が、スクリーンにうつしだされる。

あざやかな紅色《べにいろ》の小袿《こうちぎ》。かわった柄《がら》で、大きな貝がらのなかに、いろんな色の菊がえがいてある。

「小袿の名前は『重陽《ちょうよう》』です。いまの暦《こよみ》の九月は菊には早い時季《じき》ですが、旧暦《きゅうれき》の九月九日はおめでたい奇数《きすう》がかさなる、重陽の節句です。」

審査員席《しんさいんせき》を見わたして、初音ちゃんはあでやかにわらった。

「重陽の節句は、菊の節句ともよばれています。平安時代《へいあん》の宮中《きゅうちゅう》では、お酒《さけ》の杯《さかずき》に菊の花をうかべて、歌を詠《よ》んでお祝いをしたそうです。菊は長寿《ちょうじゅ》をもたらす花で、薬《くすり》としてもつかわれていました。華《はな》やかで、縁起《えんぎ》のいい小袿だと思います。」

初音ちゃんは、わたしの絵に目をむけた。

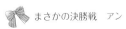

澄《す》んだブルー一色の小袿《こうちぎ》。左胸《ひだりむね》のあたりに、白い三日月《みかづき》がうかんでいる。

小袿の名前は、「昼の月」。

「花畑《はなばたけ》さんの小袿は、秋空をイメージしはったんやと思います。夜ではなく昼の月というのはおもしろいですけれど、デザインとしてはさみしいのではないでしょうか。三日月は『すがたをあらわしても、すぐに消える』という意味がありますから、光源氏《ひかるげんじ》がさっさと帰ってしまいそうです。」

さかんな拍手《はくしゅ》がおこり、こんどはわたしにスポットライトがあたった。

どうしよう。

わたしがしゃべらないので、司会《しかい》のお姉さんが「花畑さん？」と声をかけてきた。

「すみません。まさか決勝《けっしょう》にのこると思わなかったので、緊張《きんちょう》しちゃって。」

とりあえず、そういって息をととのえる。

パパの話をしたら、同情《どうじょう》をひこうとしてるって思われるんだろうか。

そんなのは、いやだ。もちろん、そんなつもりはないんだけど。

やだ。汗《あせ》がでてきた。

「花畑《はなばたけ》さん、だいじょうぶですか？」

司会《しかい》のお姉さんが、また声をかけてきた。ちらっと、心配《しんぱい》そうなリックが見える。初音《はつね》ちゃんは、すました顔だ。

わたしはきゅうに、くやしくなってきた。

どうしてか知らないけれど、初音ちゃんは、わたしがどんな絵をだすか知っていた。

それって、ずるくない？　みんな、相手の絵は舞台《ぶたい》の上で、はじめて見るんじゃないの？

手にした扇子《せんす》を、ぎゅっとにぎる。

アン、がんばって。負けちゃだめよ。

耳もとで、ママがささやいた気がした。

わたしは、まっすぐに顔をあげた。

「幼稚園《ようちえん》のころ、わたし、お月さまは夜しか見えないと思っていました。だから昼間に白い三日月《みかづき》がでているのを発見したとき、すごくびっくりしたんです。」

わらいがおきる。

そうだ。ほんとのことなんだから、遠慮《えんりょ》するのはやめよう。べつに、ずるいことをするわけじゃないんだもの。

「三日月《みかづき》に気がついたのは九月でした。空は雲ひとつなくて、ほんとうにすいこまれるような青い色でした。パパが死んだとき、ママは『パパはお月さまに行ったのよ』ってわたしにいったんです。だからわたしは昼間のお月さまに気がついたとき、パパは昼も夜もわたしを見てくれてるんだって、すごく……。」

なんだか会場が、しんとしている。

「すごくびっくりしたんです。いまでも昼間の月を見ると、なつかしいような、うれしいような気持ちになります。だからたいせつなひととデートするときには、そんな小袿《こうちぎ》を着たいと思いました。」

わたしはおじぎして、うしろにさがった。

「とくべつな想《おも》いがこもった小袿なんですね。」

司会《しかい》のお姉さんが、いっているのがきこえる。

勝ち負けなんて、どうでもいい。わたしはただ、むしょうにママに会いたかった。

10　絵あわせのからくり

リック

アンが抹茶《まっちゃ》パフェを食べたいというので、うちらは伝兵衛《でんべえ》さんと文化博物館《ぶんかはくぶつかん》をでて、茶《ちゃ》店《みせ》に行った。歩美《ふみ》ちゃんおすすめの店だ。

「抹茶パフェをだしてるお店はいっぱいあるんだけれど、ここのゼリーと白玉《しらたま》は絶品《ぜっぴん》なの。秋は栗《くり》も入っているし。」

そういえば、歩美ちゃんも甘党《あまとう》だっけ。

アンたち三人は抹茶パフェ、うちは熱《あつ》いほうじ茶にした。

「アン、準優勝《じゅんゆうしょう》おめでとう！」

「ありがとう！」

絵あわせの結果《けっか》、アンは四対《たい》一で初音《はつね》に敗《やぶ》れたのだ。それでも二位はりっぱだよね。

だけどアンの話をきいて、頭にきた。初音《はつね》は、裏《うら》できたないまねをしていたんだ。

「お父さんの話をするなって、いわれたの？　相手の絵を先に知ってたなんて、ずるじゃないか。アン、なんでいままでだまってたのさ。舞台《ぶたい》の上で、ぶちまけてやればよかったんだよ。これはフェアな勝負じゃないって。」

「だって、つげ口なんていやだし。」

アンは、抹茶《まっちゃ》パフェを食べる手を休めない。

「初音って子は、どうしてアンちゃんの絵を知っていたんだろう。」

伝兵衛《でんべえ》さんは、ふにおちない顔だ。

「審査員《しんさいん》のひとりが、おばさんなんだよ。結城屋《ゆうきや》は初音の母親の実家《じっか》だから。」

「わざとじゃなくても、小耳《こみみ》にはさんだってこともあるわね」と歩美《ふみ》ちゃん。

もしかしたら初音はアンだけじゃなく、ほかの子の絵も知っていたのかもしれないぞ。

「アン、だれと対戦《たいせん》するかは、どうやって決めたの？」

「対戦表《たいせんひょう》をもらったの。」

「くじびきじゃなくて？」

うちは歩美《ふみ》ちゃんと視線《しせん》をかわした。

「だとしたら、いいように対戦《たいせん》を組むことができるよね。絵がうまい小出《こいで》くんとは、あたらないほうが有利《ゆうり》だもん。」

「子どものイベントなのに、ずいぶんときなくさいな。」

伝兵衛《でんべえ》さんが顔をしかめる。

「てか、考えてみれば、ぜんぶ初音《はつね》に都合《つごう》よくはこんだと思わない？　一回戦で、初音もアンも紫《むらさき》の着物だったじゃない。初音はアンより前にでることで、光源氏《ひかるげんじ》と紫の関係《かんけい》について、先に説明《せつめい》することができた。」

まあ、アンは光源氏と紫の関係なんて知らなかっただろうけど。

「二回戦だってオミナエシの絵を先にけなしちゃえば、小出くんの『秋の七草《ななくさ》』にけちがつくもんね。」

「それで小出くんよりは強敵《きょうてき》じゃないから、わざとわたしを勝たせたってこと？」

ごめん。そうだと思う。

「わたしも、へんだなとは思ったの。だって小出くんの絵は、ほんとうにプロみたいだったもの。」

「でも、アンちゃんの絵も個性的《こせいてき》だったよ。」

伝兵衛《でんべえ》さんが、びみょうなフォローをする。

「とにかくさ、アンにお父さんの話をさせないように手を打ったんだよ。最初《さいしょ》っから出来《でき》レースで、初音《はつね》を優勝《ゆうしょう》させる計画だったのかも。」

だとしたら、ゆるせない。審査員《しんさいん》も、みんなぐるだったんだろうか？

「イベントの主催者《しゅさいしゃ》に、不正《ふせい》があったことをいうべきじゃない？　裏《うら》でおどすなんて、卑劣《ひれつ》だよ。」

「ぼくがかけあって……。」と伝兵衛さんがいうと、アンは首を横にふった。

「ねえ、もうやめましょうよ。二位になったたって知らせたら、ママもすっごくよろこんでくれたの。抹茶《まっちゃ》パフェを食べたら、いやなこともわすれたし。せっかく京都《きょうと》まできたのに、いったいわないいってケンカはしたくないの。」

「でもさ。」

「リック、おねがい。」

まあ、アンがそういうならね。

ほんとは真相《しんそう》を究明《きゅうめい》して、とっちめてやりたいけど。

「負けたほうがクレームをつけるのは、むずかしいところがあるわよね。不正《ふせい》なことをしたのなら、こっちがなにもしなくても、つけはまわってくるわよ。」

歩美《ふみ》ちゃんが、大人《おとな》の発言をする。

「気分をかえてたのしんだほうが、勝ちだと思うわ」とアン。「源氏物語《げんじものがたり》がらみのお宝《たから》が見たいな。紫式部《むらさきしきぶ》の小袿《こうちぎ》とか、のこってるの？」

「残念《ざんねん》だけど、紫式部の遺品《いひん》はないのよ」と歩美ちゃんがいった。

「どうして？」

「京都《きょうと》ってさ、十五世紀《せいき》の応仁《おうにん》・文明《ぶんめい》の乱《らん》で十一年も戦場だったから、焼け野原《やのはら》になったんだよ。源氏物語《げんじものがたり》の直筆原稿《じきひつげんこう》も、一枚《まい》ものこっていないんだ。」

うちがそういうと、歩美ちゃんはうなずいた。

「いまある源氏物語は、紫式部の時代から二百年あとに、藤原定家《ふじわらのていか》がまとめた写本《しゃほん》がもとになっているの。五十四帖《じょう》あるんだけれど、ぜんぶ紫式部が書いたものかどうか、専門家《せんもんか》でも意見がわかれているわ。わたしは『紅梅《こうばい》』と『竹河《たけかわ》』の帖《じょう》は紫式部《むらさきしきぶ》じゃなくて、源《げん》氏物語《じものがたり》ファンの創作《そうさく》だと思うんだけど。」

「くわしいんですね。」

伝兵衛《でんべえ》さんが、感心《かんしん》して歩美《ふみ》ちゃんを見る。

「歩美ちゃん、短大《たんだい》でおしえてたんだ。いまのこと論文《ろんぶん》にして、賞《しょう》もとったんだよ。」

「それはすごい。でもいまは、ひな人形《にんぎょう》をつくってらっしゃるんですよね？」

「たいした賞じゃないんです。」

歩美ちゃんは首をすくめて、話をかえた。

「もうでましょうか。まってるひともいますし。」

歩美ちゃんは夕食もとさそったけど、伝兵衛さんは市川《いちかわ》へもどるといった。

「あしたも、のれん会フェスタがあるんで。でも、ほんとうにきてよかった。」

伝兵衛さんはまぶしそうに、アンを見つめた。

「きょうのアンちゃんの活躍《かつやく》、紗和《さわ》さんにしっかり報告《ほうこく》しておくよ。ほんとうに、よくやったね。」

「ありがとう。」

アンはちょっと照《て》れくさそうに、目をそらした。

「それじゃ、どうかよろしくおねがいします。」

伝兵衛《でんべえ》さんは歩美《ふみ》ちゃんにふかぶかとおじぎをして、帰っていった。歩美ちゃんがひっしにことわっていたけど、伝兵衛さんはお茶代《ちゃだい》のほかにも、お金をおいていったみたい。

「めやすくたのもしきこと」と、歩美ちゃんがつぶやく。

「どういう意味？」

「好感《こうかん》がもてて、信頼《しんらい》がおけるって意味。アンちゃんのママはしあわせだわね。」

なんだかしみじみと、歩美ちゃんはいった。

11　雲がくれ　アン

「うなぎ？　歩美《ふみ》ちゃんって、うなぎ屋《や》さんに下宿《げしゅく》してるの？」

「そうじゃなくて」とリック。「歩美ちゃんは町家《まちや》に住んでるんだ。町なかにある、むかしの商家《しょうか》のことだよ。間口《まぐち》がせまくて奥《おく》に細長いつくりだから、うなぎの寝床《ねどこ》っていうんだ。」

「昭和《しょうわ》に入ってからの建物《たてもの》だけど、けっこうがたがきてるから、覚悟《かくご》してね。」

歩美ちゃんはわらっていった。

「いま町家は、すごいブームなの。改築《かいちく》して宿《やど》にしたり、おしゃれなレストランにするところも多いけど、うちは女性専用《じょせいせんよう》のシェアハウス。わたしと大学院生《だいがくいんせい》ふたりが入っているんだけど、ふたりとも帰省《きせい》してるから、まるごと自由につかえるわよ。」

案内《あんない》されたのは、二階建《かいだ》ての古い一軒家《けんや》だった。黒い格子戸《こうしど》が京都《きょうと》っぽい。玄関《げんかん》を入ると、灰色《はいいろ》のお人形《にんぎょう》があった。

「この鍾馗《しょうき》さまは陶製《とうせい》で、もとは屋根《やね》にかざってあったものなの。」

「魔《ま》よけだね。鍾馗って中国の鬼神《きじん》でしょ？」とリック。

「そう。学業成就《がくぎょうじょうじゅ》のお守りでもあるのよ。」

部屋はみんな畳《たたみ》じきで、ちいさな中庭がある。

「これは坪庭《つぼにわ》。まわりが建物《たてもの》にかこまれてるから、光をいれるためのものなの。」

歩美《ふみ》ちゃんの部屋は二階だった。階段《かいだん》も急で、なかは物入《ものい》れになっているんですって。

リックは、用心《ようじん》ぶかい顔になった。

「歩美ちゃんの部屋、首だけの人形とかおいてないよね？」

「人形はしまっておいてあげたわよ。びびりの陸《りく》に泣《な》きだされたらこまるもの。」

「びびり？」

「歩美ちゃん、よけいなこといわない。」

リックが、ぴしゃりといった。

「アンにおかしなことといったら、対抗措置《たいこうそち》をこうじるからね。」

あらら。リックがいないときに、歩美《ふみ》ちゃんにいろいろきいてみなくっちゃ。リックって意外に、苦手なものが多いの。

「あ、紫式部《むらさきしきぶ》だ。」

歩美ちゃんの部屋の掛《か》け軸《じく》を見て、リックがいった。緑色の小袿《こうちぎ》を着たひとが、文机《ふづくえ》にひじをかけている。色白《いろじろ》で、ちょっとしもぶくれ。

「紫式部って、こういう顔なのね。」

「これは土佐光起《とさみつおき》が想像《そうぞう》でえがいた絵だから、紫式部に似《に》ているかどうかはわからないけど」と歩美ちゃん。

「絵の上には、なんて書いてあるの?」

「百人一首《ひゃくにんいっしゅ》に入っている、紫式部の歌だよ。」

こんどはリックが答えた。

「『めぐりあひて　見しやそれとも　わかぬ間《ま》に　雲がくれにし　夜半《よは》の月かな』。ひさしぶりに幼《おさな》なじみの友だちに会えたのに、ちょっとしかいっしょにいられなかったって意味。」

「幼《おさな》なじみって、男のひと？」

「女ともだちよ」と歩美《ふみ》ちゃん。「この歌を知ったとき、紫式部《むらさきしきぶ》って孤独《こどく》なひとだなあと思ったわ。きっと、その幼なじみに会えるのをすごくたのしみにしていたのよ。それなのに長くいっしょにいられなくて、よっぽどさみしかったのね。もしかしたら彼女以外《かのじょいがい》に、話があうひとがいなかったんじゃないかしら。」

「雲がくれっていえばさ、源氏物語《げんじものがたり》にもそういう名前の巻《かん》がなかったっけ？」

リックがきくと、歩美ちゃんはうなずいた。

「『雲隠《くもがくれ》』は名前だけの帖《じょう》で、光源氏《ひかるげんじ》が亡《な》くなったことをしめしているの。紫式部は光源氏の死を、具体的《ぐたいてき》にはなにも書かなかった。それがかえって、かけがえのない光が消えた余韻《よいん》を感じさせるのよ。」

歩美ちゃんは、しみじみといった。

「光源氏《ひかるげんじ》の光って、太陽《たいよう》の光じゃなくて月の光なのよね。」

雲がくれ。

光りかがやくお月さまが、雲間《くもま》に消えて、見えなくなる。きっと紫式部《むらさきしきぶ》にとっては、すごく心にのこる景色《けしき》だったのね。

ピンポン！

「正解《せいかい》！」といわんばかりに、チャイムが鳴った。

それはお弁当《べんとう》の配達《はいたつ》だった。仕出《しだ》し弁当といって、有名《ゆうめい》な料亭《りょうてい》にたのんで、宅配《たくはい》してもらえるの。

京都《きょうと》では仕出し弁当にかぎらず、いろんなものを、あつらえてもらえるらしい。いいお店から、いい品物をまわしてもらえるかどうかが、お人形《にんぎょう》づくりでもたいせつなんですって。

仕出し弁当は見た目もきれいで、お麩《ふ》がもちもちしておいしかった。歩美ちゃんは京都観光《かんこう》のパンフレットをたくさん用意してくれていて、それを見ているうちに、いつのまにか眠《ねむ》ってしまった。

そして、夢《ゆめ》を見た。

月あかりの下、御殿《ごてん》の廊下《ろうか》を、むかしのお姫《ひめ》さまがしずしずと歩いていた。白くお化粧《けしょう》した顔が、闇《やみ》にうかびあがる。

紫式部《むらさきしきぶ》かと思ったけど、髪型《かみがた》がちがう。おひなさまみたいに、ふっくらと結《ゆ》いあげている。着物はなんともいえずに品《ひん》がある色合いで、金糸《きんし》の刺繍《ししゅう》がきれいだ。

庭には、りっぱな松《まつ》の木がある。

女のひとは、顔をおおって泣《な》きだした。いったい、なにがそんなに悲《かな》しいんだろう。

松の葉から、ぽたぽたとしずくがたれはじめた。まるで女のひとといっしょに、泣いているように。雨がふっているわけでもないのに、しずくはきらめきながら、いつまでもいつまでも落ちてくるのだった。

12　七ふしぎ　リック

目をさますと、あいにくの雨だった。

歩美《ふみ》ちゃんが用意してくれた朝ごはんは、漬物《つけもの》がおいしかった。おみやげに買っていかなくちゃ。

「あ、きのうの絵あわせがでてる。」

新聞をひろげた歩美ちゃんがいった。アンとのぞきこむと、初音《はつね》の写真が大きくのっていた。

「『高桐家《たかぎりけ》のご令嬢《れいじょう》は絵の家の伝統《でんとう》をうけつぎ、小学生ながら才色兼備《さいしょくけんび》』だって。ずいぶんもちあげてるな。」

「わたしのことは、ひとこともものってないわ。」

アンはちょっと残念《ざんねん》そうだ。

「それより、きょうはどうしようか？　天気予報《よほう》によると、一日中雨みたいだね。」

歩美《ふみ》ちゃんが、お茶をつぎながらいった。

「雨なら『源氏物語《げんじものがたり》の世界《せかい》』展《てん》と思っていたんだけど。新聞で見たら、きのうは三時間まちだったんですって。」

「三時間！」

「『源氏物語絵巻《えまき》』もでてるから、混《こ》むとは思っていたけど。」

「いくらなんでも、三時間もまつ気はしないなあ。それで入ったって、ゆっくり見られないだろうし。」

「きのうはつきあってもらったから、リックが行きたいところに行けば？　どんなにつまらないところでも、つきあうわよ。」

アンが悲壮《ひそう》な顔でいう。

「じゃあ、上御霊神社《かみごりょうじんじゃ》でもいい？　応仁《おうにん》の乱《らん》の発端《ほったん》の地なんだけど。」

「そのオーニンって、ずいぶん暴《あば》れん坊《ぼう》だったのね。外国のひと？」

だめだこりゃ。

「あしたは晴《は》れるみたいだから、きょうは室内のプランでもいいよ。」

「歩美《ふみ》ちゃんがつくっている、おひなさまも見たい」とアン。

「お店も工房《こうぼう》も、お休みなのよ。ほんとうは、見せたいお人形《にんぎょう》があるんだけど。」

「どこに？」

歩美ちゃんは、こまったようにアンを見た。

「それがねえ、高桐家《たかぎりけ》なの。」

「え？　初音《はつね》ちゃんのおうち？」

「お屋敷《やしき》を特別公開《とくべつこうかい》してるのよ。わたしのお師匠《ししょう》さんは七代目の三鈴吉右衛門《みすずきちえもん》なんだけど、初代《しょだい》吉右衛門がつくったひな人形も展示《てんじ》されているの。わたしが人形師《にんぎょうし》になりたいと思ったのも、そのお人形を東京の美術館《びじゅつかん》で見たからなのよ。」

へえ。それは初耳《はつみみ》だ。

「きのうのことがなければね。七ふしぎが売りのお屋敷で、おもしろそうだけど。」

「七ふしぎ？」とアンがくいつく。

「でも七ふしぎって、数をあわせるために、むりやりつくってたりしない？」

「まあね。高桐家《たかぎりけ》の七ふしぎでも『夜泣《よな》き石』や『しぐれの松《まつ》』なんかは、うそっぽいわよね。晴《は》れているのに、しずくがたれるなんて。」

アンが、ぱちぱちとまばたきをした。

「わたしゆうべ、そういう松《まつ》を夢《ゆめ》で見たわ！」

「えっ、ほんとう？」と、歩美《ふみ》ちゃんが目をまるくする。アンはときどき、おかしな夢を見るんだ。

「寝《ね》る前に、パンフレット見てたからだよ。」

「でも、むかしのお姫《ひめ》さまが泣いてて、松もいっしょに泣いてるみたいだった。」

「いとあやし（とてもへんだ）。」

歩美ちゃんは、高桐家《たかぎりけ》のパンフレットをだしてきた。

高桐家の七ふしぎというのは、こうだ。

一、半月橋《はんげつきょう》

南庭の池にかかる半月橋《はんげつきょう》は、水面《みなも》にうつる橋が満月《まんげつ》に見える。

二、夜泣《よな》き石

池にある亀石《かめいし》から、夜になると泣き声がきこえる。

三、しぐれの松《まつ》

雨でもないのに、しずくがたれる赤松《あかまつ》。現在《げんざい》は枯《か》れて、根しかのこっていない。

四、からの貝桶《かいおけ》

式子姫《しきこひめ》の嫁入《よめい》り道具だった貝桶のひとつが、からになっている。

五、藤娘《ふじむすめ》の掻取《かいどり》

掻取とは、公家女性《くげじょせい》が着用した打掛《うちかけ》のこと。式子姫の掻取の柄《がら》が、「藤娘」という名前とあわない。

六、うごくひな人形《にんぎょう》

初代三鈴吉右衛門《しょだいみすずきちえもん》作のひな人形は、月夜《つきよ》になるとうごきだす。

七、紫式部《むらさきしきぶ》の供養塔《くようとう》

式子姫が建《た》てた供養塔。うごかすと不吉《ふきつ》なことがおきる。

「夜泣《よな》き石って、里見《さとみ》公園にもなかった？」とアン。

「あるある。半月橋《はんげつきょう》だって、半円《はんえん》の橋が水にうつれば真円《しんえん》に見えるのは物理法則《ぶつりほうそく》だよ。」

「式子姫《しきこひめ》っていうのは、高桐家《たかぎりけ》にお嫁《よめ》にきたひと？」

うちはパンフレットのつづきを読んだ。

「えっと、そうじゃない。江戸後期《えどこうき》の高桐基近《もとちか》の長女って書いてある。文化元年《ぶんかがんねん》（一八〇四年）生まれか。三條家《さんじょうけ》との縁談《えんだん》が決まっていたのに、相手がきゅうに亡《な》くなって、天保《てんぽう》十五年（一八四四年）に死ぬまで独身《どくしん》だったんだって。」

「ずっと結婚《けっこん》しなかったなんて、よっぽど、そのひとが好《す》きだったのね。」

アンが、ぽつりという。

「歩美《ふみ》ちゃん、貝桶《かいおけ》ってなに？」

「貝あわせの貝をいれる桶よ。ふたつひと組で、大きさはいろいろだけど。」

「貝あわせって、絵あわせみたいに、貝をくらべるゲーム？」

「平安《へいあん》時代のはじめはね。でも平安末期《まっき》には、神経衰弱《しんけいすいじゃく》みたいなゲームにかわったの。ハマグリの殻《から》をわって、それぞれの内側《うちがわ》に絵をかくのね。それで絵のほうをふせておいて、ペアになっている貝をあてるの。」

うちは、きのうの初音《はつね》の絵を思いだした。

「そういえば、決勝戦《けっしょうせん》の『重陽《ちょうよう》』って着物には、貝のなかに菊《きく》がかいてあったじゃない。あれも、貝あわせのつもりだったのかな。」

「だと思うわ。おなじ色の菊の絵が、ふたつずつあったでしょう。絵あわせと貝あわせをかけたのね。」

「ああ、そうなんだ。わたし、なんで貝なんだろうって思ってた」とアン。

「もとがひとつのものがあうわけだから、貝あわせは縁起《えんぎ》もいいし、嫁入《よめい》り道具には欠《か》かせないものだったのよ。ひな人形《にんぎょう》のお道具のひとつでもあるの。もともと、ひな人形は婚《こん》礼《れい》の場を再現《さいげん》したものだから。」

「つまりペアになるはずの貝が、なくなったのか。それじゃ、貝あわせができないね。」

「フィアンセが死んで、貝もなくなるなんて、かわいそうすぎる。」

なんか、アンごのみの話だな。

「貝がいくつか欠《か》けてるっていうんなら、わかるけど。ゲームの駒《こま》って、遊んでいるうちになくなるもんね。だけど、かたっぽがまるごとないってのは妙《みょう》だな。」

「ねえ、わたしが夢《ゆめ》にみたひとって、その式子姫《しきこひめ》じゃないかしら。」

アンがとつぜん、むちゃなことをいいだした。

「そのひと、とっても悲しそうだった。好《す》きなひとは死んじゃうし、貝はなくなるしで、泣《な》いていいたのかも。」

そういう論理《ろんり》の飛躍《ひやく》には、ついていけない。

助けをもとめて歩美《ふみ》ちゃんを見たのに、歩美ちゃんは力強くうなずいていた。

「霊界《れいかい》からのメッセージかもしれないわね。源氏物語《げんじものがたり》でも、なまなましい夢を見る場面がたくさんでてくるの。夢のお告《つ》げには、かならずしたがわなくてはいけないのよ。」

13　高桐家《たかぎりけ》を探検《たんけん》　アン

初音《はつね》ちゃんには会いたくないけど、ゆうべの夢《ゆめ》は気になる。だからわたしは、高桐家《たかぎりけ》に行ってみることにした。

ついたときには、雨は小止《こや》みになっていた。門には藤《ふじ》の家紋《かもん》と「高桐家」の字をそめぬいた、まあたらしい幕《まく》がかかっている。ここが、初音ちゃんのおうちなのね。

行列はしないですんだけど、けっこうひとがいる。大きな玄関《げんかん》で靴《くつ》をぬぐと、ぷうんとお香《こう》のにおいがした。受付《うけつけ》の横にはお祝《いわ》いの蘭《らん》がかざられ、初音ちゃんの新聞記事がはりだしてあった。

「しっかり宣伝《せんでん》してるね」とリック。

歩美《ふみ》ちゃんは受付で『絵の家　高桐家の美』という高い本を買った。

なかにあがると柱《はしら》には金色の丸い金具《かなぐ》がついていて、きらきらと光っている。

「あの丸いのは、なに？」

「あれは釘《くぎ》かくしよ」と歩美《ふみ》ちゃんがいった。「打《う》ちつけてある釘の頭をかくす飾《かざ》りなの。」

ふうん。釘かくしなんて、はじめて見た。

お座敷《ざしき》には、おひなさまがいた。

「これこれ。初代《しょだい》三鈴吉右衛門《みすずきちえもん》のひな人形《にんぎょう》。」

歩美ちゃんが声をはずませる。

すごい。こんなおひなさま、はじめて！

おひなさまは、段《だん》にならんでいるものだと思ってた。このお内裏《だいり》さまはミニチュアの御《ご》殿《てん》のなかにいて、横の建物《たてもの》に五人ばやしがならんでいる。

リックは説明書《せつめいが》きを読んだ。

「文化《ぶんか》三年（一八〇六年）作か。式子姫《しきこひめ》のためにつくられたってある。」

「こういうのを御殿《ごてん》びなというのよ。」

歩美《ふみ》ちゃんが、ほこらしげにいう。

「平安《へいあん》時代のおひなさまって、みんなこんななの？」

「これは江戸《えど》時代のものよ。いまのようにひな人形《にんぎょう》をかざるようになったのは、江戸時代の中ごろからなの。」

「じゃあ、平安時代にひな人形はなかったの？」

「流《なが》しびなってあるでしょう？　平安時代には、厄《やく》よけとして紙の人形をながしたりしていたみたいね。」

「ふうん、そうなんだ。あれ？　お姫《ひめ》さまが左にいる。」

「東京と京都《きょうと》では、女びなと男びなの位置《いち》が逆《ぎゃく》なのよ。高桐家《たかぎりけ》もそうだけど、四月三日にひな祭りをする家もあるのよね。」

「きれいきれい、すごい。」

お道具の数もめちゃくちゃ多い。鏡台《きょうだい》に碁盤《ごばん》にお化粧道具入《けしょうどうぐい》れ。歩美ちゃんに、貝桶《かいおけ》がどれだかおしえてもらった。ちゃんと、紅《あか》いひもで結《ゆ》わえてある。

お人形も気品《きひん》のある顔で、とくに三人官女《さんにんかんじょ》から目がはなせなかった。これまでに見たおひなさまは「道具を持っているお人形《にんぎょう》」だった。でもこの三人官女《さんにんかんじょ》は、うごいている一瞬《いっしゅん》で、時間がとまったみたい。

「月夜《つきよ》にうごくっていうけど、いまにもうごきだしそう！」

「げに」と歩美《ふみ》ちゃんがうなずく。

「げにって、そのとおりって意味？」

「げに。」

平安《へいあん》時代の言葉って、おもしろい。

耳をすませば、お人形《にんぎょう》たちの話し声がきこえてきそう。さあさあ、これから、おもしろいことがはじまりますよ……。

うっとり見入っていると、リックの声で現実《げんじつ》にひきもどされた。

「なんだ、まだここにいたの。」

「リック、どこかへ行ってたの？」

「ふたりともうごかないから、先に七ふしぎをチェックしてたんだ。」

リックはメモと鉛筆《えんぴつ》を手にしている。

「たしかに、このひな人形《にんぎょう》はいきいきしてるよね。月夜《つきよ》にうごくっていう迷信《めいしん》がうまれる

のもわかる。だけど半月橋《はんげつきょう》はただの橋で、夜泣《よな》き石も、ただの石。しぐれの松《まつ》は根っこだけだし、うごかすと不吉《ふきつ》な供養塔《くようとう》は、石が素材《そざい》の構造体《こうぞうたい》にすぎない。」

リックって、夢《ゆめ》もロマンもないの。

「貝桶《かいおけ》と着物は？」

「そのふたつは大広間《おおひろま》にあるけど、いまは見られない。京都《きょうと》テレビがきてさ、インタビューをするみたい。」

「テレビ？」

奥《おく》へすすむと、廊下《ろうか》に面したせまい庭に、石の塔《とう》が立っていた。

「これが紫式部《むらさきしきぶ》の供養塔。五輪塔《ごりんとう》といわれるタイプで、いちばん上に丸い石がのっている。」

リックはそういうけど、見るからに古くて、たたりがありそう。

しぐれの松の根っこがある庭は、上《かみ》の間《ま》といわれるお座敷《ざしき》に面していた。

「アンちゃん、夢《ゆめ》にでてきたのは、この庭？」

歩美《ふみ》ちゃんにそうきかれたけれど、よくわからない。庭には太いケーブルが何本も走って、テレビ局《きょく》のスタッフがカメラをかまえている。眼鏡《めがね》をかけた男のひとが、見学者に頭をさげていた。

「えらいもうしわけありません。ただいま撮影中《さつえいちゅう》で、しばらくおまちいただくか、お茶室《ちゃしつ》をごらんになっていただけますか。」

わたしたちは、その場で撮影を見学することにした。テレビのお兄さんと話している着物のおばさんは、初音《はつね》ちゃんのお母さんだ。となりには、牡丹色《ぼたんいろ》の振袖《ふりそで》を着た初音ちゃんもいる。

「こちらにあるのが、式子姫《しきこひめ》ゆかりのお品《しな》ですね。」

「ほんの一部ではございますが。」

お母さんが、とくいげにいう。

「ご愛読《あいどく》の源氏物語《げんじものがたり》をおさめた棚《たな》、蒔絵《まきえ》の文机《ふづくえ》と硯箱《すずりばこ》は『初音』の意匠《いしょう》となります。娘《むすめ》も、それにちなんで初音と名づけました。」

お母さんが、とろけるような顔を初音ちゃんにむける。

「式子姫《しきこひめ》は絵の家にふさわしい名人で、この『紅葉賀《もみじのが》』の屏風《びょうぶ》と『花宴《はなのえん》』の掛《か》け軸《じく》も、式子姫がおかきになったものです。」

「どちらも源氏物語《げんじものがたり》が題材《だいざい》ですね。掛《か》け軸《じく》はおぼろ月夜《づきよ》ですが、式子姫はたいへん月がお好《す》きだったそうですね。」

「当屋敷《とうやしき》は天保年間《てんぽうねんかん》（一八三〇〜一八四四年）に式子姫によって改築《かいちく》され、母屋《おもや》は当時のままでございます。半月橋《はんげつきょう》はもとより、窓《まど》、ふすまの金具《かなぐ》、釘《くぎ》かくしに欄間《らんま》、いたるところに月の意匠《いしょう》がつかわれております。それをおさがしになるのも、おたのしみのひとつやと思います。」

「そしてこちらが、七ふしぎの貝桶《かいおけ》ですね。」

ふたつの桶の前には、絵入りの貝がちらばっている。

「三條満晃《さんじょうみつあき》さまとのご婚礼道具《こんれいどうぐ》で、高桐家《たかぎりけ》の家紋《かもん》が入っております。満晃さまが婚礼前《こんれいまえ》にお亡《な》くなりになったので、当家《とうけ》にうけつがれてまいりました。貝にはみごとな金箔《きんぱく》の上に、源氏物語《げんじものがたり》の場面がえがかれております。こちらも式子姫のお作《さく》で、たぐいまれな品《しな》と評判《ひょうばん》になったそうでございます。」

「こまかい絵がきれいですね。貝桶《かいおけ》のひとつが、からだということですが。」

「貝桶はふたつひと組になっておりますが、ひとつの桶がからになっております。言い伝えによれば、満晃《みつあき》さまの幽霊《ゆうれい》があらわれた夜に、貝が消えたそうで。」

幽霊？

貝をよく見ようと首をのばしたとき、初音《はつね》ちゃんと目があった。

14 買い言葉

リック

なくなった貝あわせの貝って、式子姫《しきこひめ》の作品だったのか。屏風《びょうぶ》を見てもわかるけど、ほんとに絵のうまいひとだったんだな。

幽霊《ゆうれい》が貝をぬすんだという話につっこみもせず、インタビュアーはつぎの話題《わだい》にうつった。

「『藤娘《ふじむすめ》』の掻取《かいどり》も七ふしぎのひとつで、本邦初公開《ほんぽうはつこうかい》ということですね。」

かるそうなインタビュアーは、衣桁《いこう》にかけられた緑色の着物をゆびさした。

「『源氏物語《げんじものがたり》の世界《せかい》』展《てん》を記念《きねん》して、今回とくべつにごらんになっていただけます。式子姫が晩年《ばんねん》に下絵《したえ》をえがき、おあつらえになった掻取でございます。『藤娘』の名は式子姫がおつけになられたのですが、藤の花がないのがなぞとされております。」

着物には、絵がかかれた扇《おうぎ》がちっていた。若《わか》いインタビュアーも、腰《こし》をかがめて見入っている。

「たしかに、藤娘《ふじむすめ》とむすびつくものがありませんね。これはなんとも、ミステリーですね。」

「娘《むすめ》の初音《はつね》は、答えがわかったいうてますが。」

「え？　ほんとうですか？」

カメラが初音にむけられる。初音は、はにかんだように目をふせた。

「ちょっと、思いついただけですけど。」

「そういわずに、おしえてください。」

初音は顔をあげて、カメラを見た。

「家紋《かもん》は下《さ》がり藤《ふじ》ですし、高桐家《たかぎりけ》はもとをたどれば藤原家《ふじわらけ》につながります。そやし、藤娘というのは式子姫《しきこひめ》ご自身《じしん》のことやないでしょうか。式子姫は、ご自分がお好《す》きなもんをちりばめて、掻取《かいどり》をあつらえはったんやと思います。」

「なるほど。それはほんとうに、そうかもしれませんね。」

インタビュアーは、おおげさにうなずいている。初音親子は、そろって笑《え》みをうかべた。

ところが撮影《さつえい》がおわると、母親はひとがかわったように、インタビュアーに文句《もんく》をつけはじめた。初音《はつね》も鬼《おに》のような顔をして、アンのところにやってきた。

「いや、こわいわあ。テレビの撮影《さつえい》があるとわかって、おしかけてきたん？」

アンは、きょとんとしている。

うちは、すっと前にでた。

「なんか、ぶちまけられるとこまることでもあるの？　対戦《たいせん》相手の絵を、まえもって知っていたとかさ。」

初音は、とぼけた顔をした。

「なんのこと？　わざわざ、負けおしみをいいにきたのかしら。」

にらみあっていると、「あれえ？」と声がした。

「きみたち、もしかして、里見家《さとみけ》の宝《たから》をみつけたふたり？」

インタビューをしていた男だ。こんどは、初音がきょとんとしている。

「やっぱりそうだ。見た目が対照的《たいしょうてき》だから、よくおぼえてるよ。たしか尊敬《そんけい》するひとが『シャネル』と『諸葛孔明《しょかつこうめい》』なんだよね？」

テレビ男は、親《した》しげに近づいてきた。

「こちらのお嬢《じょう》さんとは、知りあい？」

「きのう絵あわせのイベントがあって、うちが優勝《ゆうしょう》して、こちらが準優勝しはったんです。」

初音《はつね》は、すばやく外面《そとづら》をとりつくろった。とはいえ、目の奥《おく》はゆだんなく光っている。

「それはそれは。それできょうは、高桐家《たかぎりけ》の宝《たから》をさがしにきたのかな？　貝は、どこに消えたんだと思う？」

「だって、幽霊《ゆうれい》が持っていったんでしょ？」とアン。

「それはないって。だけど江戸後期《えどこうき》の紛失事件《ふんしつじけん》じゃ、解決《かいけつ》はむずかしいな。」

「でもきみたちは、里見家《さとみけ》の宝《たから》を掘《ほ》りあてたんだよね？　あれは江戸初期《しょき》のものだろう？」

おもしろくなさそうな顔をしていた初音が、ふっと、ほくそえんだ。

「ほんまやわ、消えた貝なんてすぐにみつけてみせるって、いうてたやないの。」

はあ？

うちとアンは、びっくりして初音を見た。

「えっ、そうなの？」

テレビ男が、まにうけておどろく。

「そうなんです。里見家《さとみけ》の宝《たから》をみつけたふたりが、高桐家《たかぎりけ》の宝もみつけると約束《やくそく》してくれたん。たのしみやわあ。さっそく、ブログで宣伝《せんでん》させてもらうわ。」

こいつ、芸術的《げいじゅつてき》に根性《こんじょう》がわるいな。

「わたし、そんな約束したおぼえは……。」

うちは、あせるアンをさえぎった。初音《はつね》がうちらを見くだした顔をしているのが、がまんできなかったんだ。

「みつかるかどうかはともかく、調査《ちょうさ》はさせてもらうよ。それには資料《しりょう》がいるから、協力《きょうりょく》してもらえるよね？　とりあえず、式子姫《しきこひめ》の日記はのこってる？」

「日記？」

「たいせつな嫁入《よめい》り道具がなくなったんだから、日記に書かないはずがない。具体的《ぐたいてき》にいつ、どういう状況《じょうきょう》でなくなったのか知りたいんだ。」

「すごいな。小学生なのに、江戸《えど》時代の文書《もんじょ》が読めるの？」

テレビ男が目をまるくする。

「なんとか。」

「なにかわかったら、ぜひ連絡《れんらく》して。」

テレビ男は名刺《めいし》をさしだした。初音《はつね》はあとにひけなくなって、口をとがらせている。

「日記なんて、ないはずやけど。」

「とにかく、きいてみてよ。まずは問題の貝桶《かいおけ》を、じっくり見せてもらいたいな。撮影禁《さつえいきん》止《し》って書いてあるけど、許可《きょか》がもらえるようにたのんでくれる？」

初音は顔をひきつらせて、母親のところにとんでいった。

「リック。ほんとに消えた貝をさがすの？　みつかると思う？」

「なにもしなくたって、みつけるっていったっていわれるんだよ。あまく見られて、ひきさがるわけにはいかない。」

「売り言葉にカイ言葉で、貝をさがすはめになったわね。」

うしろにひかえていた歩美《ふみ》ちゃんは、にやにやしている。

「陸《りく》、もし撮影してもいいっていわれたら、ひな人形《にんぎょう》の写真もとらせてもらってね！」

15 お月さまがいっぱい アン

「ほんまに、もうしわけありませんなあ。絵あわせのご縁《えん》がありましたのに。」

わたしたちは初音《はつね》ちゃんのお母さんに、やんわりと写真撮影《さつえい》をことわられた。

「だれぞのご紹介《しょうかい》ですか？　はあ、おばさまが三鈴《みすず》さんで頭師《かしらし》の修業《しゅぎょう》をされてる？」

初音ちゃんのお母さんは眼鏡《めがね》をあげて、歩美《ふみ》ちゃんがわたしした名刺《めいし》をながめている。

「それはそれは、ごくろうさんです。あいにく、きょうは当主《とうしゅ》が留守《るす》でおましてなあ。また、あらためてきていただけますやろか。」

「それで式子姫《しきこひめ》の日記は、あるんですか？」とリックがつめよる。

「日記？　いや、見たことあらしまへんなあ。日記も手紙も、亡《な》くならはる前に、みんな燃《も》やさはったてきいてますけど。」

「燃《も》やした？」

なにをいっても、初音《はつね》ちゃんのお母さんは、話をはぐらかすだけだった。

「そやけど、ゆっくり見物《けんぶつ》しはったらええわ。貝がでてきたら、ほんまにうれしいし。」

初音《はつね》ちゃんは、できっこないと思って、にやにやしている。

できたのは、式子姫《しきこひめ》の遺品《いひん》を見せてもらうことだけだった。どれもきらきらして、すっごくかわいい。リックはこまかくメモをとり、わたしはスケッチをした。

貝桶《かいおけ》は高さが二十五センチ。貝の横幅《よこはば》は六センチちょっと。のこっている貝の数は五十四枚《まい》。源氏物語《げんじものがたり》も五十四巻《かん》あって、それぞれの巻にあった絵がかいてあるんですって。ほんとにきれい。こんな貝だったら、わたしもほしい。

高桐家《たかぎりけ》をでて、おそば屋さんに入ったときには二時をまわっていた。

「この本では式子姫のことを、こう書いてある。」

リックは『高桐家《たかぎりけ》の美』を読みあげた。

「『父親の基近公《もとちかこう》から絵の才能《さいのう》をうけついだ式子姫は、画業《がぎょう》にうちこみ婚期《こんき》がおくれた。母と兄をあいついで亡《な》くし、絵にまったく興味《きょうみ》のない弟、基和《もとかず》さまにも苦労《くろう》したようだ。

そんな式子姫《しきこひめ》に光源氏《ひかるげんじ》があらわれた。名門三条家《めいもんさんじょうけ》のご子息《しそく》、満晃《みつあき》さまである。式子姫の絵に魅《み》せられた満晃さまが、文《ふみ》を送られたのがはじまりという。桜《さくら》の枝《えだ》と和歌《わか》をそえた、なんとも典雅《てんが》な手紙だったそうだ。ほどなく高桐家《たかぎりけ》と三条家の侍女《じじょ》は、一日のあいだに双方《そうほう》の屋敷《やしき》を何度もいききして、文をとどけあうようになった。』

「わあ。いまだったら、一日中メールを交換《こうかん》してたってことよね。満晃さんは光源氏みたいな美男子《びだんし》だったのかしら？」

「さあね。とにかく、ふたりは相思相愛《そうしそうあい》だったらしい。『しかし病弱《びょうじゃく》だった満晃さまは、

婚礼《こんれい》をまたずに亡《な》くなってしまった。基和《もとかず》さまの日記によれば、貝が消えたのは満晃《みつあき》さまの死の翌年《よくとし》、一八二七年九月。そのころ、高桐家《たかぎりけ》の侍女《じじょ》が満晃さまの幽霊《ゆうれい》を見たことがしるされている。』」

やっぱり、幽霊のしわざなのね。

それに夢《ゆめ》でみた、あのなみだ。

あれは、満晃さんを想《おも》って泣《な》いていたんだわ。

「『式子姫《しきこひめ》はふたたび画業《がぎょう》にうちこみ、遊びずきな基和《もとかず》さまにかわって、高桐家《たかぎりけ》の繁栄《はんえい》をになった。そして死期《しき》をさとると、日記や手紙類《てがみるい》をことごとく燃《も》やした。とはいえ現在《げんざい》まで保存《ほぞん》されている屋敷《やしき》で、わたしたちは式子姫の卓越《たくえつ》した美意識《びいしき》にふれることができる。』以上《いじょう》。」

リックは、太いまゆをしかめた。

「ずるいよなあ。式子姫の日記はなくても、弟の日記はあるんだよ。高桐家所蔵《たかぎりけしょぞう》で、通常《つうじょう》非公開《ひこうかい》だって。」

「そういうのって、しかるべきつてがないと、見せてもらえないのよね。」

歩美《ふみ》ちゃんは、なにか考えこんでいる。リックは、本の表紙《ひょうし》をつついた。

「で、この本はだれが監修《かんしゅう》してると思う？　京大教授《きょうだいきょうじゅ》の西野映子《にしのえいこ》。絵あわせの審査員《しんさいん》のひとりだよ。」

「ああ、グレイのスーツのひとね。コサージュの位置《いち》がへんで、なおしてあげたかった。」

「とにかく、貝がひとりでに消えるわけがない。まず考えられるのは、ぬすまれたって線だ。」

「だけどなくなったのは、かたっぽだけでしょ。」

「あとでぬすもうと思っていたのに、できなかったのかも。」

「どろぼうだったら、桶《おけ》ごとぬすむんじゃない？」

「貝桶《かいおけ》には家紋《かもん》がついてるから、ぬすんでも売りさばくことができないよ。ばらの貝だったら、袖《そで》にかくして持ちだすこともできる。」

リックは、おそばについてきたいなりずしを、ほおばった。

「貝をぜんぶぬすまなかったってことは、内部《ないぶ》の犯行《はんこう》じゃないのかな。使用人《しようにん》がすこしずつぬすみだしていたんだけど、とちゅうでばれて追いだされた。高桐家《たかぎりけ》としては外聞《がいぶん》がわるいから、いつのまにか消えたって話にした。いかにもありそうじゃない。」

「わたしは、満晃《みつあき》さんの幽霊《ゆうれい》が天国《てんごく》に持っていったんだと思う。ほかのひとと、貝あわせをしてほしくなかったのよ。」

歩美《ふみ》ちゃんが、ぷっとふきだした。

「わらってないで、いっしょに考えてよ」とリックがにらむ。

「ごめんごめん、ふたりのやりとりがおもしろくて。ただ式子姫《しきこひめ》が日記や手紙を燃《も》やしたっていうのは、源氏物語《げんじものがたり》を意識《いしき》したんじゃないかしら。光源氏《ひかるげんじ》は晩年《ばんねん》に最愛《さいあい》の紫《むらさき》の上《うえ》が死ぬと、彼女《かのじょ》の手紙をみんな焼《や》きすててしまったの。」

「どうして?」と、わたしはきいた。「とっておけばいいのに。どうして、たいせつなラブレターを燃やしたりするの?」

「未練《みれん》をたちきるためだと思うわ。それで出家《しゅっけ》する決意《けつい》をして、光源氏は亡《な》くなるのよ。」

お屋敷《やしき》は、月がいっぱいあったのが印象的《いんしょうてき》だった。月形《つきがた》の窓《まど》や、明かりとり。金色の満《まん》月《げつ》や、ほそい三日月《みかづき》。

「お屋敷に、いろんな月があったでしょう? 月って、満晃《みつあき》さんのことなんじゃないかしら。」

「晃《あき》の字って、光が入ってるもんね。」

めずらしく、リックがうなずいてくれた。

「たしかに式子姫《しきこひめ》は、月と満晃《みつあき》をかさねていたんだろうな。雲にかくれて消えた恋人《こいびと》のかわりに、屋敷《やしき》じゅうを月でかざった。」

式子姫って、けなげ。

本をめくっていたリックは、「藤娘《ふじむすめ》」の写真がのっているページで手をとめた。

「ふうん。」

「なに？」

「話はちがうけど、初音《はつね》がした『藤娘』のなぞときは、まとはずれじゃないのかな。」

「どうして？」

リックは、にやりとわらった。

「この着物の柄《がら》は、式子姫が好《す》きなものをならべたっていってたよね。だったらどうして、かんじんの月がないんだろう？」

16　紫式部《むらさきしきぶ》がスプーン？

リック

おそいお昼のあとは、歴史博物館《れきしはくぶつかん》へいった。

『源氏物語《げんじものがたり》の世界《せかい》』展《てん》をやっているのは国立博物館だけど、ここでも『紫式部とその時代』という企画展《きかくてん》をしているんだ。

女房《にょうぼう》の部屋が再現《さいげん》してあって、碁盤《ごばん》や化粧《けしょう》道具が展示《てんじ》されている。平安貴族《へいあんきぞく》の装束《しょうぞく》を試《し》着《ちゃく》できるコーナーがあって、アンと歩美《ふみ》ちゃんは、そこにひっかかってしまった。

しかたなく、うちはひとりで展示《てんじ》を見ることにした。

めずらしかったのは、料理の再現模型《さいげんもけい》だ。永久《えいきゅう》四年（一一一六年）、内大臣《ないだいじん》の藤原忠通《ふじわらのただみち》がひらいた宴会《えんかい》の膳《ぜん》。膳というよりは机《つくえ》の上に、四列にわたって、二十八種類《しゅるい》の料理がならんでいる。

ごはんはてんこ盛《も》りで、おそなえみたいだ。そう思っていると、意外なものが目にとびこんできた。

スプーン。

おはしといっしょに、長細いスプーンがおいてある！

てことは、紫式部《むらさきしきぶ》もスプーンをつかって食事していたのか？

解説《かいせつ》によれば、スプーンは古代からあったらしい。最初《さいしょ》のスプーンは貝に棒《ぼう》をさしこんだものだった。奈良《なら》時代には貝のかたちのスプーンをつかっていた。だからスプーンは「かい」とよばれていたんだって。

「なにか、おもしろいものでもあった？」

アンと歩美《ふみ》ちゃんが、ようやくやってきた。

「紫式部がスプーンをつかってたって、知ってた？」

ええっと、アンは目をまるくする。

「そんなむかしに、スプーンがあったの？」

歩美ちゃんは、さすがにおどろかなかった。

「当時は宴会《えんかい》のときって、テーブルについて食器《しょっき》をもちあげずに食事をしていたのよね。正座《せいざ》をして食事するようになってから、食器を手で持ちあげるようになって、スプーンをつかわなくなったんだと思うわ。」

「そうか。食器に口をつけて汁《しる》をすするようになれば、スプーンはいらないもんね。でも、いつからスプーンをつかわなくなったんだろう？」

「さあ、そこまでは。でも中国や韓国《かんこく》ではスプーンをつかいつづけたから、食器を持ちあげて食べるのはマナー違反《いはん》なのよね。」

「西洋でもそうだよね。音をたててすするのは失礼《しつれい》にあたる。」

「紫式部《むらさきしきぶ》がスプーンなんて、びっくり！」

アンはガラスに鼻をくっつけて、スプーンを見つめている。

「スプーンはあるのに、フォークはないの？」

「ナイフとフォークって、おはしのかわりだからじゃない？　日本料理《りょうり》は自分で切りわけるっていうより、切ってあるものがでてくるからね。」

企画展《きかくてん》を見たあとは、通常展示《つうじょうてんじ》の江戸《えど》時代をチェックした。

それにしても、勉強《べんきょう》不足《ぶそく》だ。

江戸《えど》時代っていうと、武士《ぶし》と町民《ちょうみん》ばかりに目がいっていた。京都《きょうと》の公家《くげ》がどんなふうにくらしていたかなんて、考えたことがなかった。

式子姫《しきこひめ》が生きていた文化文政年間《ぶんかぶんせいねんかん》は、江戸を中心にした町民文化がさかえた時期だ。いっぽう京都では、江戸のひとたちに「時代おくれ」といわれながら、古風《こふう》な美意識《びいしき》をはぐくんでいたらしい。お化粧《けしょう》も、江戸より濃《こ》い白ぬりにしていた。

ほんとうの都《みやこ》はこっちだっていう、プライドがあったんだろうな。歩美《ふみ》ちゃんにいわせると、いまでもそうらしいけど。

うちらは錦市場《にしきいちば》でおかずを買いこんで、町家《まちや》にもどった。

「あんなにすごいおひなさまが買えたんだから、高桐家《たかぎりけ》はむかしからお金持ちだったのね。」

「さっき確認《かくにん》したけど、高桐家の公家としてのランクは、そこまで高くなかったよ。」

アンにそういうと、歩美ちゃんも口をはさんだ。

「そういえば、工房《こうぼう》できいたことがあるわ。式子姫《しきこひめ》のお父さんと初代《しょだい》の三鈴吉右衛門《みすずきちえもん》はなかがよくて、あのお人形《にんぎょう》は商品というより、お祝いの品だったみたいなの。」

「へえ？」

「いい職人《しょくにん》って、お金にかまわないところがあるのよ。うちの師匠《ししょう》もね、祇園祭《ぎおんまつり》のお人形はご神事《しんじ》だからって、ただ同然《どうぜん》でひきうけてしまうの。やりくりがたいへんだって、おかみさんがこまってるわ。」

お師匠さんっていうのは、いいひとみたいだな。

「歴史博物館《れきしはくぶつかん》の解説《かいせつ》にもあったけど、公家《くげ》でもそれほど豊《ゆた》かでない家は、屋敷《やしき》の一部をひとに貸《か》したり、特技《とくぎ》をいかして内職《ないしょく》をしていたんだ。公家がつくったものは、高く売れるから。『高桐家《たかぎりけ》の美』には『大名《だいみょう》や京都所司代《きょうとしょしだい》をはじめ、武家《ぶけ》はこぞって高桐家の絵をもとめた』って書いてあるけど、これは内職して絵を売っていたってことだろうな。」

「まあ、内職していたとは書かないでしょうね。ひと聞きがわるいもの。」

「下級武士《かきゅうぶし》が内職していたのと、おなじだね。高桐家はけっこう収入《しゅうにゅう》があったんだな。お屋敷《やしき》を改築《かいちく》するには、お金がかかるから。」

「でも式子姫《しきこひめ》って、ずいぶん多才《たさい》なひとだったのね。歴史的《れきしてき》には、まったく無名《むめい》だけど。」

「そうだね。有能《ゆうのう》だからって、名前がのこるとはかぎらない。逆《ぎゃく》にナポレオンみたいな有《ゆう》名人《めいじん》だと、なんでもかんでも、そのひとの手柄《てがら》になっちゃうんだ。『余《よ》の辞書《じしょ》に不可能《ふかのう》という文字はない』っていうのも、ナポレオン自身の言葉じゃなかったんだって。」

「わたしが平安《へいあん》時代にひかれるのは、教養《きょうよう》のある女性《じょせい》が活躍《かつやく》できたってことなの。そのあとの時代にも能力《のうりょく》のある女性はたくさんいたと思うんだけど、歴史《れきし》にうもれてる気がするわ。」

アンは「藤娘《ふじむすめ》」の着物が気になるようで、せっせとメモをとっている。

歩美《ふみ》ちゃんが電話をしに席《せき》をはずしたので、うちは高桐家《たかぎりけ》の系図《けいず》をしらべた。式子姫《しきこひめ》の弟・基和《もとかず》は結婚《けっこん》して二男一女《になんいちじょ》をもうけている。和子《かずこ》っていう、母親ちがいの妹もいた。式子姫は歩美ちゃんといっしょで、小姑《こじゅうとめ》だったんだな。

おばあちゃんは歩美ちゃんが家をでたとき「小姑だから居心地《いごこち》がわるかったんだよ」って、いってたけど。

17　藤娘《ふじむすめ》のなぞ

アン

「藤娘《ふじむすめ》」の着物の柄《がら》が、気になる。なにか、意味があるんじゃないかしら。

わたしは九つある扇《おうぎ》に、それぞれなにがえがいてあるのか、表《ひょう》にしてみた。右上から、左下の順ね。

一の扇　タケ
二の扇　クジャク
三の扇　コウモリ
四の扇　ウメ
五の扇　カタツムリ

六の扇《おうぎ》　キク
七の扇　トリ
八の扇　ラン
九の扇　クリ

リックが表《ひょう》をのぞきこむ。

「カタツムリだのコウモリだの、気味がわるいな。あと『トリ』って、アバウトすぎない？　これ、キジだと思うよ。」

わたしは「トリ」に線をひいて、「キジ」と書いた。

「植物《しょくぶつ》と動物だね。植物が竹《たけ》、梅《うめ》、菊《きく》、蘭《らん》、栗《くり》。動物がクジャク、コウモリ、カタツムリ、キジ。どうも、つながりが見えないな。」

「暗号《あんごう》みたいな気がするの。ならべかえたら、なんとかならないかしら。」

「たしかに、なぞなぞくさいね。貝とは関係がなさそうだけど。」

そういって、リックはインターネットで「藤娘《ふじむすめ》」をしらべはじめた。

「藤娘《ふじむすめ》は有名《ゆうめい》な歌舞伎舞踊《かぶきぶよう》のひとつで、初演《しょえん》は文政《ぶんせい》九年（一八二六年）の江戸《えど》。式子姫《しきこひめ》が二十二歳《さい》のときだから、そのあと京都《きょうと》で舞台《ぶたい》を見た可能性《かのうせい》はあるね。絵からぬけだした娘がおどるというもので、いまみたいに藤《ふじ》の精《せい》がおどるふりつけは、昭和《しょうわ》になってからなんだって。いずれにしても藤娘といえば、藤の花の衣装《いしょう》が定番《ていばん》。」

リックがいろいろいってるけど、言葉のならびかえがいそがしくて、耳に入らない。

「アン、きいてる？　へんだと思わない？」

「なにが？」

「式子姫は紫式部《むらさきしきぶ》の供養塔《くようとう》を立てるくらい、源氏物語《げんじものがたり》にはまっていたんだ。屋敷《やしき》にあった絵も、みんな源氏物語をもとにしたものだった。なのにどうして着物の名前だけ、源氏物語と関係がないいんだろう。」

「わかんない。ちょっと休憩《きゅうけい》。」

わたしは髪《かみ》の毛をかきあげて、リックの横にいった。

「ねえ、初音《はつね》ちゃんのブログ、見てみない？　わたしたちのこと、書きこむっていってたでしょ。」

「そんなもん、ほっときなよ。」

「だって、気になるもの。検索《けんさく》してみて。『セレブガール・スタイル』っていうブログ。」

「セレブガールって、自分でいうか？」

ブログを見ると、初音《はつね》ちゃんはきょうの日付《ひづけ》で、こう書いていた。

「絵あわせに優勝《ゆうしょう》できたことは、おつたえしましたよね。きょう、準優勝《じゅんゆうしょう》した花畑杏珠《はなばたけあんじゅ》さんが、高桐家《たかぎりけ》を見にきてくれました。花畑さんとお友だちは宝《たから》さがしが趣味《しゅみ》で、わが家《や》の七ふしぎが気になっていたそうです。

『絵あわせには負けたけど、そのおかえしに、消えた貝はぜったいみつけてみせる』と、花畑さんは自信《じしん》まんまんでした。いっしょにきたお友だちも強引《ごういん》で、むりやり写真をとろうとするので、母もこまっていました。

でも江戸《えど》時代に消えた貝がみつかったら、すごいと思います。みなさんも花畑さんの宝さがしに、注目してくださいね！」

なに、これ？

「おかえしに貝をみつけるなんて、いってない！」

「あのさ、こういうのは相手にしちゃだめだよ。」

リックは、きりっとまゆをあげた。

「だって、うそなのに。」

「悪意《あくい》のある書きこみは無視《むし》。これがインターネットのルールだよ。」

「でも、本気にしちゃうひとだっているでしょ。見て見て。もうレスした子がいる。『絵あわせで負けたのが、よっぽどくやしかったのね。きっといやがらせよ。初音《はつね》ちゃん、がんばれ！』ですって。このブログ、雛乃《ひなの》ちゃんも見てるのに。」

「雛乃が？　あいつ、ひとに影響《えいきょう》されやすいもんなあ。でも、気にすることないよ。」

リックはパソコンをさっさとおわらせてしまった。くさったものを食べたみたいに、胸《むね》がむかむかする。

「なんかすっごく、いやな気分。」

「むかつくのはわかるけど、それじゃ、むこうの思うつぼだよ。あんな書きこみ、なんの力もありゃしないんだ。アンを知ってるひとは『初音って子はどうかしてる』って思うだけなんだから。」

わかってる。

頭では、リックのいうことがわかるんだけど。

その日の夜は、なかなか寝《ね》つけなかった。

藤娘《ふじむすめ》の着物の柄《がら》や、初音《はつね》ちゃんの顔がちらついて、眠《ねむ》れない。このまま朝になるんじゃないかって、不安《ふあん》になった。

それでも、いつのまにかうとうとしたみたい。式子姫《しきこひめ》が、夢《ゆめ》にでてきた。


御殿《ごてん》びなの前に、式子姫がいる。

式子姫はおひなさまを見つめて、くすりとわらった。

「みんなも、このおひとは一生《いっしょう》お嫁《よめ》にいかへんと思ってたんやない？」

おひなさまはなんにもいわずに、式子姫を見つめている。

「ほんまはあきらめてたんえ。光源氏《ひかるげんじ》みたいなおひとは、物語のなかにしかいはらへん。べつに、完璧《かんぺき》なひとをもとめていたんやない。ただ、ほんまに美しいものがわかるおひとやないと、いややったんや。」

式子姫《しきこひめ》は、おひなさまの貝桶《かいおけ》を手にとった。

「いま、お嫁入《よめい》り道具の貝あわせをつくっているんよ。光源氏《ひかるげんじ》は、もちろん満晃《みつあき》さま。こちらは紫《むらさき》の上《うえ》なんて、おこがましいけれど。いまに満晃さまと貝あわせをする日がくると思うと、もうそれだけで、泣《な》いてしまいそうになる……。」

式子姫は、すごくしあわせそうだった。まだ、満晃さんが死んでしまうことを知らないのだ。そんな運命《うんめい》がまっているなんて、思いもしなかっただろう。見ていると胸《むね》がいたい。

ふたりはいま天国《てんごく》でしあわせだろうけど、貝あわせの貝は、はなればなれのまま。

なんとか、またひとつにしてあげたいわ。

18 式子《しきこ》姫《ひめ》犯人《はんにん》説《せつ》

リック

目をさますと、いきなりアンの顔がアップになった。

「リック、わたし、また式子姫《しきこひめ》の夢《ゆめ》を見たの！」

アンは興奮《こうふん》して、夢の話をまくしたてている。こっちは、まだぼうっとしてるのに。

「おひなさまが、どうしたって？」

「式子姫が、おひなさまと話してたのよ。いま、貝あわせの絵をかいてるって。」

うちはあくびして、背《せ》をのばした。アンはフリルまみれのパジャマで、返事《へんじ》をまっている。

「うちは、初音《はつね》がサメにおそわれてる夢をみた。」

「やだ。ほんと？」

「うそ。でも、思いついたことがあるんだ。貝桶《かいおけ》は高桐家《たかぎりけ》にのこってるけど、ほかの嫁入《よめい》り道具は、つかわれたんじゃないのかな。」

「つかわれた？」

「式子姫《しきこひめ》には、年のはなれた妹がいたんだ。その妹が本間家《ほんまけ》にとついでいる。」

うちはアンに『高桐家の美』の口絵《くちえ》を見せた。式子姫の嫁入り道具と書かれた鏡台《きょうだい》は「本間家蔵《ぞう》」となっている。

「ほらね？　これが本間家にあるってことは、式子姫の妹が持っていったんだよ。高桐家の紋《もん》が入った嫁入り道具があったから、それをつかったんだ。片方《かたほう》だけの貝桶《かいおけ》は、使いものにならないからおいていった。」

「じゃあ満晃《みつあき》さまの幽霊《ゆうれい》は、貝あわせがよこどりされたらたいへんだと思って、天国《てんごく》に持っていったの？」

「そんなせこい幽霊、いないよ。」

まてよ。

式子姫が、自分で貝をかくしたって可能性《かのうせい》はないだろうか。

貝が消えたのは、満晃《みつあき》が死んで一年後。

嫁入《よめい》り道具のなかでも、自分がえがいた貝には、とりわけ思い入れがあったはずだ。たとえ妹でも、自分の嫁入り道具をつかわれるのは、いやだったのかも。

「式子姫犯人説《しきこひめはんにんせつ》ってのも、ありだと思わない？」

「えーっ、どうして？」

「あれは満晃《みつあき》と自分用の貝桶だからね。ほかにわたらないように、手をうったとか。」

アンは鼻にしわをよせた。

「それはないわよ。だって、満晃さまの幽霊《ゆうれい》を見たってひとがいるんだもの。」

「いたのは、幽霊を見たと思ったひとだよ。貝が消えたのがふしぎだったから、幽霊とむすびつけたんだ。」

アンは不満《ふまん》げな顔をしている。どうせ、うちにはロマンのかけらもないと思っているんだろう。

歩美《ふみ》ちゃんの意見は、どうかな。

となりの部屋をのぞくと、歩美ちゃんは死んだように眠《ねむ》りこけていた。

「ねぞうがわるいところは、リックに似《に》てるわね。」

アンが小声でいった。

「たまのお休みなんだもの、寝《ね》かせてあげましょうよ。わたしたちで、朝ごはんをつくらない？」

アンは家事《かじ》に参加《さんか》してるから、料理《りょうり》なんかもできるんだ。うちらが下におりると、ごはんのあまいにおいがした。炊飯器《すいはんき》のタイマーをかけていたみたい。

うちにできるのは、卵《たまご》をわることくらいだ。アンがてきぱきとうごく横で、うちは式子《しきこ》姫犯人説《ひめはんにんせつ》をほりさげてみた。

貝あわせの貝は式子姫にとってたいせつなものだから、すてることはないだろう。おそらく、どこかにかくしたはずだ。それは、いまだにみつかっていない。

式子姫は日記《にっき》を燃《も》やしてしまったから、どこにかくしたかはわからない。ほかに、場所をしめす手がかりは……。

「あ。」

「なに？」

「アンが書いてたメモ、見てもいい？　藤娘《ふじむすめ》の着物の表《ひょう》。」

「いいけど？」

うちは二階に行って、着物の写真がのっている本とメモをとってきた。台所にもどると、アンが菜箸《さいばし》を手にまちかまえていた。

「なにかわかったの？」

「てか、式子姫《しきこひめ》が犯人《はんにん》なら、かくし場所のヒントをのこしたはずだと思ってさ。この着物は、亡《な》くなる前にあつらえたっていってたじゃない。」

「着物の暗号《あんごう》が、貝のかくし場所ってこと？　だったら、それはどこ？」

「だからそれを、考えるんだってば。」

うちは写真とメモを見くらべた。

着物にある扇《おうぎ》の数は、九つ。

「うわあ、いいにおい。おはよう。ふたりとも、早起きねえ。」

あくびをしながら、歩美《ふみ》ちゃんがおりてきた。

うちは目をあげて、ふたりを見た。

「七ふしぎのひとつが、とけたかもしれないよ。」

19　ふたたび高桐家《たかぎりけ》へ　アン

絵あわせでは負けたけれど、なぞときでは、初音《はつね》ちゃんに勝ったみたい。

わたしとリックは歩美《ふみ》ちゃんといっしょに、高桐家《たかぎりけ》にのりこんだ。

「アン&リックですけど、初音ちゃんはいますか？　わたしたち、『藤娘《ふじむすめ》』のなぞをといたんです。」

受付《うけつけ》でそういうと、リックは「というか、可能性《かのうせい》のひとつに思いあたったといってください」とつけたした。

しばらくまっていると、初音ちゃんがやってきた。紺《こん》のノースリーブのニットに、キャメルの革《かわ》のプリーツスカート。繊細《せんさい》な金《きん》のネックレスは、長さもぴったり。文句《もんく》のつけようがないけど、心もきれいじゃなきゃ、エレガントとはいえないわ。

「こちらへどうぞ。」

初音《はつね》ちゃんはすまして、わたしたちを奥《おく》の部屋に案内《あんない》した。公開《こうかい》していない部屋で、畳《たたみ》の上に応接《おうせつ》セットがおいてある。

欄間《らんま》には雲のかかった月があって、その横でウサギが船をこいでいた。

「『藤娘《ふじむすめ》』のなぞをといたって、どういうことかしら？」

「あの着物には、コウモリとか栗《くり》とかカタツムリとか、いろんなものがかいてあるでしょう。すっごく思わせぶりだけど、あれはみんなメクラムシなのよ。」

「目くらまし」とリックがいいなおす。

「絵あわせのときに『重陽《ちょうよう》』の小袿《こうちぎ》があったよね。古代《こだい》中国では、奇数《きすう》をおめでたい陽《よう》の数ととらえて、九月九日を陽数《ようすう》がかさなる吉日《きちじつ》と考えた。」

初音ちゃんは、鼻でわらった。

「おしえてもらわなくても、それくらい知ってます。」

「だったら、どうして気づかないのかな。着物にある扇《おうぎ》の数は九つ。九は陽数だから『クヨウ』。」

「藤娘《ふじむすめ》の藤は『トウ』とも読むでしょ。だから答えは『クヨウトウ』。つまり、紫式部《むらさきしきぶ》の供養塔《くようとう》なの！」

わたしは答えを高《たか》らかにいうと、初音《はつね》ちゃんをじっと見た。

初音ちゃんはむっとして、なにか考えこんでいる。

つぎの瞬間《しゅんかん》、初音ちゃんは、くいっとあごをあげた。

「あほらし。」

え？

「そんな単純《たんじゅん》なこと、とうにわかってたわ。うごかしたら不吉《ふきつ》なことがおきるから、供養塔をたいせつにしなさいということやわ。」

「そこ、そこが問題なのよ。」

そのことは、リックと話しあってきたの。

「そもそも、供養塔をうごかすと不吉なことがおきるって、だれがいったの？」

「これは仮説《かせつ》だけど、式子姫《しきこひめ》はなにかたいせつなものを、供養塔の下にうめたんじゃないかな。それを守るために、供養塔にひとを近づけまいとして、不吉だって話をつくったんだ。」

リックがそういうと、初音《はつね》ちゃんはくやしそうに、くちびるをかんだ。

すっと、ふすまがひらく。

「なんや、お客さんか？」

和服《わふく》すがたのおじさんが、わたしたちを見ていた。色白で鼻が高い、上品《じょうひん》な顔だち。

「お父さん、このひとたちがね、供養塔《くようとう》の下になにかあるはずだっていうの。」

ぜんぜん似《に》てないけど、初音ちゃんのパパみたい。

「供養塔？　うちにある、紫式部《むらさきしきぶ》の供養塔か？」

わたしたちは初音ちゃんのパパに、これまでのことを説明《せつめい》した。

「なるほど、『く・よう・とう』ねえ。おもしろい話やけど、まさか供養塔の下に、だいじなもんをかくさへんやろ。」

「うごかすと不吉《ふきつ》だっていう言い伝えは、いつからのものなんですか？」とリック。

「いや、それはもう、むかしからのことやから。いつからいわれても、ようわからへんなあ。」

初音《はつね》ちゃんのパパは、のんびりと答えた。

「うごかして、ほんとうに不吉《ふきつ》なことがあったりしたんですか？」ときくと、「それはあった」という答えがかえってきた。

「どんな？」

「子どものとき、いたずらして、供養塔《くようとう》にへのへのもへじをかいたんや。そのおかげで、みてみい。おまえのお母はんと結婚《けっこん》してしもたやないか。おかげで一生《いっしょう》、遠慮《えんりょ》しいしい生きていかなあかん。」

「お父さん！」

わたし、このおじさん好《す》きかも。

「それはそれとして、やっぱりなあ。紫式部《むらさきしきぶ》さんの供養塔《くようとう》をつけもの石みたいに、かくし場所のふたにつかうことはない思いますわ。そないな罰《ばち》あたりなこと、式子姫《しきこひめ》はせえへんのとちがいますか。」

わたしはリックと顔を見あわせた。

「いまの話、一理《いちり》あると思うな。」

「そうね。」

初音《はつね》ちゃんは、にっこりわらった。

「わざわざきてくれはったのに、ごめんなさいね。これから『ティーンズ・ヴォーグ』の取材《しゅざい》があるの。」

高桐家《たかぎりけ》を追いだされると、リックは頭をかいた。

「ちょっと勇《いさ》み足《あし》だったな。源氏物語《げんじものがたり》とは関係がない名前をつけたのは、紫式部《むらさきしきぶ》を連想《れんそう》させないためだと思ったんだけど。」

「まだ、さじをなげるのは早いわよ」と、歩美《ふみ》ちゃんがなぐさめた。ちょうど携帯《けいたい》が鳴って、歩美ちゃんは立ちどまった。

「ああ、もうしわけありません。はあ、まあ、そうですか。ほんまに、ありがとうございました。」

歩美ちゃんは道路わきで、ふかぶかと頭をさげた。

「だれ？」

「ゆうべ師匠《ししょう》の奥《おく》さまに電話して、いろいろきいてみたの。そしたらね、奥さまの知りあいの大工《だいく》さんが、高桐家《たかぎりけ》の改築《かいちく》をうけおった家のひとだったのよ。」

「へえ。それで？」

「奥《おく》さまが、その吉井《よしい》さんっていう大工さんに電話してくださったの。吉井さんはいま八十五で、改築《かいちく》した大工さんのひ孫《まご》にあたるの。」

「もしかして、その家に屋敷《やしき》の図面《ずめん》がのこってるとか」とリック。

「そうじゃなくて、高桐家の図面だけがないんですって。」

あらら。

「でもね、吉井さんのおじいさんは図面をちらっと見たことがあって、ひいおじいさんにひどく怒《おこ》られたんですって。図面には『匙《さじ》』っていう漢字が書いてあったんだけど、なんのことだかわからないし、きいてもおしえてくれなかったんですって。」

「さじ？」

「スプーンの匙。」

「建築《けんちく》図面に、スプーンねえ。」

リックは首をひねっている。

「さじの漢字って、どんなの？」

歩美《ふみ》ちゃんはリックがさしだしたメモ帳《ちょう》に漢字を書いてくれた。じっとそれを見ていたリックは、ぱん！　とひたいをたたいた。

「カイだ！」

「貝？」

「博物館《はくぶつかん》の解説《かいせつ》に書いてあった。スプーンのことは、むかし『かい』とよんでいたって。貝がらをつかって、食べものをすくっていたのがスプーンのはじまりだから。匙《さじ》っていうのは、貝の暗号《あんごう》ってことはない？」

「だとしても、その図面《ずめん》はもうないんでしょ。」

「ないってところが、ますますあやしい。やっぱり、貝は屋敷《やしき》のどこかにかくしてあるんだよ。でも、いったいどこなんだろう？」

20 観月会《かんげつかい》 リック

こんどの京都《きょうと》旅行は、月と縁《えん》がある。

歩美《ふみ》ちゃんはおばあちゃんのために、大覚寺《だいかくじ》の観月会《かんげつかい》にもうしこんでくれていた。

「大覚寺って、旧嵯峨御所《きゅうさがごしょ》ともいうんだね。」

「もとは平安初期《へいあんしょき》に、嵯峨天皇《さがてんのう》が建てた離宮《りきゅう》だから。とっても風情《ふぜい》があるところでね。大《おお》沢池《さわのいけ》っていう大きな池に面しているんだけれど、紫式部《むらさきしきぶ》は、その池にのぼる月がいちばん好《す》きだったんですって。」

歩美ちゃんの声もはずんでいる。

「今夜は龍頭《りゅうとう》の船にのって、大沢池から月をながめるのよ。お天気がよくなって、なによりだわ。」

「うわあ、すてき。平安時代《へいあんじだい》にタイムスリップするみたい。リックのおばあちゃんにはわるいけど、すっごくたのしみ！」

アンは貝さがしもそっちのけで、はしゃいでいる。

「でも残念《ざんねん》！　お姫《ひめ》さまみたいな舟遊《ふなあそ》びをするって知ってたら、もっとちがう服を持ってきたのに。」

「あんだけ持ってきて、まだ足りないの？」

「だって、いつでもその場にふさわしいファッションをしなくっちゃ。『センスのわるさは一種《いっしゅ》の不道徳《ふどうとく》である』っていうでしょ。」

「あなや。」

歩美《ふみ》ちゃんが、ぱちんと手をうった。

「それ、だれがいったの？　平安時代の美意識《びいしき》をあらわすのに、ぴったりのせりふだわ。」

「外国の、なんとかいうひと！」

アンのすごいところは、こういうセリフをとくいげにいえることだ。

歩美ちゃんは、すっかり感激《かんげき》している。

「『センスのわるさは一種《いっしゅ》の不道徳《ふどうとく》である』。げに、げに。平安《へいあん》時代の女房《にょうぼう》たちにとって、イベントになにを着て、どんな扇《おうぎ》を持つかは死活《しかつ》問題だったのよ。おかしなかっこうをしようもんなら、さんざんかげ口をきかれたの。」

やっぱり、平安時代に生まれなくてよかった。

道が混んでいるので、うちらは電車で嵯峨嵐山駅《さがあらしやまえき》まで行き、歩いて大覚寺《だいかくじ》へ行った。

歩美《ふみ》ちゃんのいったとおり、大覚寺はとても風情《ふぜい》のあるところだった。もちろん平安時代のままのこっているわけではなくて、建物《たてもの》は江戸《えど》時代以降《いこう》のものだけどね。

天皇《てんのう》や皇族《こうぞく》が住職《じゅうしょく》をつとめただけあって、釘《くぎ》かくしも菊形《きくがた》で、堂々《どうどう》としている。見どころがいっぱいあったけど、うちは村雨《むらさめ》の廊下《ろうか》という回廊《かいろう》が気にいった。

回廊の天井《てんじょう》は刀《かたな》や槍《やり》をふりあげられないように、低くつくってある。床《ゆか》がうぐいす張《ば》りで、歩くと音が鳴るようになっているのも、足音で敵《てき》の襲撃《しゅうげき》にそなえることができるからだ。

ぐるりとお寺を見学してから、書院《しょいん》で平安時代のお香体験《こうたいけん》をした。平安貴族《きぞく》は自分でお香を調合《ちょうごう》して、着物や手紙に香をたきしめていたんだって。よっぽどひまだったんだな。

夕食のお弁当《べんとう》を食べおわると、観月会《かんげつかい》になった。

大沢池《おおさわのいけ》の周囲《しゅうい》は約一キロで、日本でいちばん古い人工池《じんこういけ》だ。緑にぐるりとかこまれて建物《たてもの》が見えないから、ほんとうにタイムスリップしたみたいな気分をあじわえる。嵯峨天皇《さがてんのう》が、唐《とう》（いまの中国）の湖《みずうみ》に似《に》せてつくらせたんだって。そういえば龍頭《りゅうとう》の船っていうのも、中国風だよね。

色あざやかな船にのりこむと、お坊《ぼう》さんが説明《せつめい》をしてくれた。

「嵯峨天皇の時代には、池には人口の滝《たき》もございました。百人一首《ひゃくにんいっしゅ》のひとつで、その滝をうたった和歌《わか》がございます。

『滝の音は　絶《た》えてひさしく　なりぬれど
名こそながれて　なほきこえけれ』

これは藤原公任《ふじわらのきんとう》さんの作です。」

「また藤原さんね」とアンがささやく。

お坊さんが、にっこりしてうちを見た。

「おぼっちゃんは、公任さんを知っているのかな？」

「大納言公任《だいなごんきんとう》。紫式部《むらさきしきぶ》よりすこし年上の同時代人《どうじだいじん》だよね。漢詩文《かんしぶん》・和歌《わか》・管弦《かんげん》の三才《さんさい》をそなえていた。政治家《せいじか》が一流の文化人《ぶんかじん》でもあったところは、いまの政治家も見習ってほしいな。」

お坊《ぼう》さんは、ぱちぱちとまばたきをした。

「よう知ってはりますな。ええと、それで公任《きんとう》さんは藤原道長《ふじわらのみちなが》さんのおともで大覚寺《だいかくじ》にいらしたとき、枯《か》れてしまった名古曽《なこそ》の滝《たき》をおしんで、この歌をつくられたそうです。句《く》の頭に『た・た・な・な・な』とおなじ音をくりかえして、水がながれていくような調《しら》べにしています。そんなところに、みやびな遊びごころが感じられるんではないでしょうか。」

お坊さんはもったいぶって、うちらを見わたした。

「みなさんも今宵《こよい》は平安《へいあん》時代からの月の名所《めいしょ》で、道長さんや紫式部《むらさきしきぶ》さんとごいっしょするお気持ちで、秋の月をたのしまれますように。」

お茶といっしょに、ウサギのかたちの和菓子《わがし》がでた。アンと歩美《ふみ》ちゃんが「このお菓子、いとをかし（とってもすてき）」と連発《れんぱつ》するので、はずかしかった。

十五夜《じゅうごや》の月が、くっきりと藍色《あいいろ》の空にうかんでいる。あのかがやきが反射光《はんしゃこう》とは思えない。

アンはじいっと空を見あげている。あの月がお父さんで、自分を見つめているように感じているんだろうか。

船をおりたアンは、みちたりた顔をしていた。

「歩美《ふみ》ちゃん、ありがとう。こんなすてきなお月見《つきみ》、生まれてはじめて。一生《いっしょう》わすれない！」

「よろこんでもらえて、よかったわ。京都《きょうと》で生活しようと決めたのもね、生活のなかに美があるからなのよ。」

歩美ちゃんの顔も、しあわせそうにかがやいている。

「東京には、美がないってこと？」

「そうはいわないけど、東京はあたらしいものに目がむいているから。季節《きせつ》のうつろいを感じて、しみじみするなんてこと、少ないでしょう？」

うちは、がちゃがちゃしたわが家を思いうかべた。たしかに、あそこに美はない。

「短大《たんだい》でいやな思いをしてたってこともあるしね。論文《ろんぶん》が評価《ひょうか》されたとたんに、いじめられたし。」

「いじめ？　大人《おとな》なのに？」

アンはふしぎそうにいった。

「あら、大人の世界にもいじめはあるわよ。そんなときに初代《しょだい》三鈴吉右衛門《みすずきちえもん》の人形《にんぎょう》を見て、世界がかわるくらいショックをうけたの。ひとが書いたものをうんぬんしているより、自分の手で美しいものをつくりだしたい。そう思ったわ。たとえ一歩でも初代に近づくのが、わたしの夢《ゆめ》よ。」

ふうん、そうだったんだ。歩美《ふみ》ちゃんが家をでたのは、おばあちゃんやお母さんが、早く結婚《けっこん》しろってうるさいからだと思ってた。

歩美ちゃんの夢が、かなうといいな。

駅まで歩くうちらの上にも、月はさえざえとかがやいていた。

21 満晃《みつあき》さんの幽霊《ゆうれい》 アン

京都最後《きょうとさいご》の夜は最高《さいこう》だった。ほんとうに、夢《ゆめ》みたいなお月見《つきみ》だったわ。

今夜は、みやびな夢を見られそう。わたしは、うっとりと目をとじた。

つややかな赤紫《あかむらさき》の着物のひとが、月明かりにうかんでいる。絹《きぬ》の地模様《じもよう》の上に、びっしりと刺繍《ししゅう》がほどこされた着物。月をえがいた扇《おうぎ》で、顔をかくしている。

頭に烏帽子《えぼし》をかぶっていなければ、女のひとかと思った。そのくらい、きらびやかで美しいすがた。

もしかして、光源氏《ひかるげんじ》?

そのひとは、橋の上に立っていた。初音《はつね》ちゃんのおうちにある、半月橋《はんげつきょう》みたい。

ひっと、だれかが息をのむ音がした。
わたり廊下《ろうか》にいた侍女《じじょ》が、橋の上のひとを見て、おびえている。
「満晃《みつあき》さま？」
男のひとが背《せ》をむけると、侍女は悲鳴《ひめい》をあげて逃《に》げてしまった。
え？　満晃さんの幽霊《ゆうれい》？
幽霊はするすると橋をおり、お屋敷《やしき》にあがった。ちゃんと、足がある。
部屋に入ってふすまをしめた幽霊は、わっと泣《な》きくずれた。
「満晃さま、満晃さま……。」
烏帽子《えぼし》が、すとんと落ちた。
満晃さんの幽霊じゃない。
それは、男のかっこうをした式子姫《しきこひめ》だった。

22 かひなし

リック

「満晃《みつあき》の幽霊《ゆうれい》が、式子姫《しきこひめ》？」

アンの夢《ゆめ》の話は、いつもへんなんだ。

「それって、どういうこと？」

「式子姫が、満晃さんにばけてたの。満晃さんの着物を着て、男みたいなかっこうをしていたのよ。」

「なんのために？」

「わかんないけど。でもねわたし、ママのことを思いだしたの。ママも、死んだパパのコートを着て、泣《な》いていたことがあったから。」

うちは、言葉につまった。話をきいていた歩美《ふみ》ちゃんは、こういった。

「式子姫《しきこひめ》が亡《な》くなった満晃《みつあき》さんの着物を着ていたって、ふしぎではないわね。現代人《げんだいじん》にとっての着物はモノだけど、平安《へいあん》時代には、着物は着ているひとの魂《たましい》とむすびついたものだったの。ひとの着物を身《み》につけることは、そのひととひとつになることを意味したのよ。」

「ひとの心って、時代がかわってもかわらないのね」とアン。

でも、そうか。式子姫がさみしさのあまり、満晃の着物を着た可能性《かのうせい》があるってことだ。そのすがたを見かけたひとが、満晃の幽霊《ゆうれい》だと思った？

考えているとちゅうで、電話が鳴った。

「もしもし。はい？」

電話にでた歩美《ふみ》ちゃんは、おかしな顔をした。

「アンちゃんに電話。初音《はつね》ちゃんから。なんだかすっごく、怒《おこ》ってるわよ。」

おどろいたアンが、受話器《じゅわき》をとる。うちは、スピーカーのボタンをおした。

「いったい、どういうつもり？」

気の弱い男子なら気絶《きぜつ》しそうな声で、初音がいった。

「わたしたちをだましたのね！」

「あの、どういうこと？」

「しらばっくれないで。箱がでてきたと思ったら、はいっていたのは『かひなし』って紙だけ。わざと、供養塔《くようとう》があやしいと思わせたんちがう？」

「てことは、供養塔を掘《ほ》りおこしたの？」

うちは、たまらずにわってはいった。

「で、なにがでてきたって？」

「ばかにするのも、たいがいにして！」

がっちゃんと、電話がきれた。

うちら三人は顔を見あわせた。

「なんだ。さんざんけちをつけといて、やっぱり供養塔を掘りおこしたんだな。」

「お父さんは、なんにもないはずだって、いってたのに？」とアン。

「尻《しり》にしかれてるみたいなこと、いってたじゃないか。きっと初音《はつね》と母親が、強引《ごういん》に掘りおこしたんだよ。」

「箱がでてきたって、いってたわよね。カヒナシって、なに？」

「読み方は『かいなし』だと思うわ」と歩美《ふみ》ちゃん。

「貝がないってこと？」

「かいがないって意味かもしれないな。ほら、生きがいとか、やりがいの『かい』だよ。」

「古語《こご》では『むだだ』って意味でもあるわ」と歩美ちゃんがおしえてくれた。「掛《か》け言葉で、意味をだぶらせているんじゃないかしら。」

「貝があると思って掘《ほ》ったのに、貝なし。掘ったかいがないから、かいなし。けっきょくはみんな、むだってこと？」

「式子姫《しきこひめ》って、ユーモアがあったのね」とアン。

「ユーモアがあるっていうより、いじわるな感じがしない？」

「ねえリック、式子姫は、供養塔《くようとう》を掘りかえしてほしくなかったんじゃないかしら。」

「どうして？」

「初音《はつね》ちゃんのお父さんが、供養塔の下にたいせつなものをかくすはずがないっていったとき、ほんとにそうだと思ったもの。そういうことがわからないで、供養塔を掘りかえされたら、がっかりするわよ。」

「ああ、それはそうかもしれないわ。さすがアンちゃん。」

歩美《ふみ》ちゃん、すっかりアンと気があってるな。

「とにかく、藤娘《ふじむすめ》の暗号《あんごう》はやっぱり『供養塔《くようとう》』だったんだ。実際《じっさい》に、箱がでてきたんだから。」

「でも、貝なしでしょ。」

うーん、わからない。

いったい、どういうことだろ。

「だけど供養塔《くようとう》をうごかしちゃって、なにか不吉《ふきつ》なことがあるんじゃないかしら？」

アンは、しなくてもいい心配をしていた。

23 浴衣《ゆかた》えらび　アン

「もう帰っちゃうなんて、うそみたいね。きょうも暑そうだけど、なにを着ればいいかしら。着るものがなくて、こまっちゃうわ。」

歩美《ふみ》ちゃんが洋服ダンスをあけたので、わたしものぞいてみた。洋服ダンスにならんでいる服は、ほとんど黒だ。

「歩美ちゃん、黒の呪《のろ》いにかかってる。」

「黒の呪い？」

歩美ちゃんが、びっくりしたようにわたしを見た。

「着るものもアクセサリーも、みんな黒でしょう？　ママもよくいうけど、無難《ぶなん》だからって黒ずくめにするのは、やめたほうがいいと思う。それって、おしゃれをあきらめてることだもの。」

「でもねえ。わたしはお人形《にんぎょう》をひきたてる黒子《くろこ》だって気持ちがあるの。美人でもないし。とりあえず黒だとなやまなくてすむし、おちつくのよ。」

「それそれ！　とりあえず黒っていうのが、黒の呪《のろ》いなの。歩美《ふみ》ちゃんはすてきなんだから、自信《じしん》をもって、似《に》あう色を着るべきよ。お人形さんも、そのほうがぜったいよろこぶと思う。」

歩美ちゃんは、とまどったようにわらった。

「すてきだなんていわれたの、はじめてよ。どうもありがとう。そうね、『センスのわるさは一種《いっしゅ》の不道徳《ふどうとく》』なんだから、きれいになる努力《どりょく》をしないとね。」

よかった。お世話《せわ》になったぶん、ちょっとでもアドバイスができたみたい。

こんどの旅行も、あっというまだった。貝がみつからなくて残念《ざんねん》だけど、帰る前に結城《ゆうき》屋《や》にも行かなくちゃ。

「絵あわせの賞品《しょうひん》でもらった、浴衣《ゆかた》の引換券《ひきかえけん》があるの。リックは見たいところがあるだろうから、別行動《べつこうどう》にしない？」

「つきあうよ」とリックはいってくれた。「毒《どく》を食《く》らわば皿《さら》まで」ですって。どういう意味かしら。

「結城屋《ゆうきや》って、老舗《しにせ》なの？」と歩美《ふみ》ちゃんにきいてみる。

「できて百年ぐらいだから、京都《きょうと》では老舗といえないわね。レンタルやリメイクのお店や、和風《わふう》カフェもやってるの。呉服業界《ごふくぎょうかい》も不況《ふきょう》だから、目あたらしいことをしないといけないのよ。」

結城屋の本店は大通りに面した、りっぱなお店だった。ポップな色の着物がたくさんあって、いやでもテンションがあがる。

引換券《ひきかえけん》を見せると、畳《たたみ》じきのコーナーに案内《あんない》された。七種類《しゅるい》の生地《きじ》から好《す》きなものをえらんで、仕立《した》ててくれるんですって。

わたしは鏡《かがみ》の前に立って、ひとつひとつ、生地をあててみた。どれも似《に》あうので、なかなかえらべない。

「あっちにかざってあるのもすてき。」

わたしは大人《おとな》っぽい浴衣《ゆかた》をゆびさした。

「お目が高いですね。あちらはすこし、お値段《ねだん》がはりますが。」

きれいな店員さんが、にっこりわらう。

「伝統的《でんとうてき》な、四君子《しくんし》の柄《がら》になります。」

「しくんし？」

「気品《きひん》のある四種類《しゅるい》の植物《しょくぶつ》を、四君子とよびます。蘭《らん》、竹《たけ》、梅《うめ》と菊《きく》ですね。」

蘭と竹、梅に菊。

なんだっけ。どこかできいたみたい。

そうだ、藤娘《ふじむすめ》の着物！　柄《がら》のなかに、よっつともあるじゃない。

「リック！」

見まわすと、リックがいない。さがしてみると、リックはお店の外で古地図《こちず》を見ていた。

「なんでこんなところにいるの？」

「だって、時間がかかりそうだからさ。浴衣《ゆかた》えらびはすんだ？」

「まだ、これからよ。それより発見があるの。」

わたしは四君子のことを説明《せつめい》した。

「そうか。供養塔《くようとう》はひっかけで、絵のほうに暗号《あんごう》があるのかも。」

リックはきゅうに元気になって、メモ帳《ちょう》をとりだした。

「九つの扇《おうぎ》にあったのは、竹《たけ》、クジャク、コウモリ、梅《うめ》、カタツムリ、菊《きく》、キジ、蘭《らん》、栗《くり》。竹と梅と菊と蘭を四君子《しくんし》でまとめると、シクンシ、クジャク、コウモリ、カタツムリ、キジ、クリになる。」

「上の一字をつなげると、シクコカキク。」

「下の一字なら、シクリリジリ。だめだな。しくじりってこと?」

歩美《ふみ》ちゃんも、外にでてきた。

「ふたりとも、なにしてるの?」

こんどは、リックが四君子のことを説明《せつめい》した。歩美ちゃんはメモをのぞきこんで、目をよせた。

「コウモリは、式子姫《しきこひめ》の時代なら『カワホリ』というかもしれないわね。」

「じゃあ、シクカカキク。」

「上の字をつなげるとはかぎらないよ。四君子のシも、べつのところに入るのかも。」

カタツムリが、デンデンムシってことはないかしら。そう思ったとき、ぱっと言葉がひらめいた。

「わかった！　リック、やっぱりお屋敷《やしき》に貝があるのよ！」

24　貝のかくし場所

リック

「あなたたち、ストーカー？　いいかげんにしてくれない？」

高桐家《たかぎりけ》にあらわれたうちらを見て、初音《はつね》は鼻の穴《あな》をふくらませた。とりすました顔で、初音の母親もあらわれた。

「お話はこちらで。」

うちらは、このあいだとおなじ部屋に通された。

ソファにすわった初音の母親は、歩美《ふみ》ちゃんをにらんだ。

「めいごさんたちのことですけど、監督不行《かんとくふゆ》き届《とど》きなんとちがいますか？」

「どういうことでしょうか。」

「けさほど、なんやえらいいきおいで、姫《ひめ》に電話してきはったそうですなあ。供養塔《くようとう》から、なにかでてきたはずやゆうて。」

は？

「そうなの。わたしびっくりして、つい、いらんことまでいうてしもて……。」

初音《はつね》が、しおらしくうつむく。

「あの、すみません。」

うちは、思わず口をひらいた。

「電話をしてきたのは、初音さんのほうですけど。」

「なにをいうてはりますの。なんで姫《ひめ》が、そちらさんに電話せなあきませんの？」

こりゃ、反論《はんろん》してもむだだな。初音は、被害者《ひがいしゃ》みたいな顔をしている。

「まあ、それはもう、よろしおす。とにかくうちうちのことですさかい、供養塔《くようとう》の話は、他言無用《たごんむよう》におねがいできますやろか。」

言葉つきはやわらかいけど、目つきがこわい。

「わかりました。」

うちがいうと、初音の母親は、ひとまず胸《むね》をなでおろした。

「それできょうは、ほかになんぞ御用《ごよう》がおありですか？」

そこでアンが、いきおいこんでいった。

「釘《くぎ》かくしをはずして、なかを見てほしいんです。」

「釘かくし？」

「こちらの釘かくしは、満月《まんげつ》をかたどっていますよね。」

うちは初音《はつね》母娘《おやこ》の前に、メモをひろげた。

「藤娘《ふじむすめ》の掻取《かいどり》を、もういちど検証《けんしょう》してみたんです。梅《うめ》、竹《たけ》、菊《きく》、蘭《らん》を四君子《しくんし》として、クジャク、キジ、カワホリ（コウモリ）、クリ、シクンシと、模様《もよう》の頭文字《かしらもじ》をならびかえると、クキカクシになります。」

「カタツムリがデンデンムシだから、てんてんをつけるとクギカクシ！」

アンが、いきおいこんでいう。

「供養塔《くようとう》の暗号《あんごう》は『かひなし』、つまりはずれで、消えた貝は釘かくしにかくされているんじゃないでしょうか。消えた貝は源氏物語《げんじものがたり》の巻数《かんすう》とおなじで、五十四個《こ》。釘かくしがぜんぶでいくつあるのか知りませんが、そのなかの五十四個には、貝が入っていると思うんです。貝の幅《はば》は六センチ、釘《くぎ》かくしの直径《ちょっけい》は見たところ七センチ強《きょう》ですから、大きさもあいます。おそらく式子姫《しきこひめ》が、改築《かいちく》のときに貝をいれたんでしょう。どうしてそんなことをしたのかはわからないし、あくまで仮説《かせつ》ですが。何個《なんこ》か釘かくしをはずせば、答えがわかるはずです。」

うちの説明《せつめい》をきいた初音母娘《はつねおやこ》は、まゆをひそめて顔を見あわせた。

アンが、身をのりだす。

「わたし、京都《きょうと》にきてからずっと、式子姫の夢《ゆめ》を見てるんです。貝をとりだして、もとの貝桶《かいおけ》にもどしてほしいんじゃないんでしょうか。」

「なんやの、それ。」

初音が、あきれた顔になる。

「なんで式子姫が、縁《えん》もゆかりもないひとの夢《ゆめ》にでてこなあかんの。」

えっと、そこだけは同意見《どういけん》です。

「とにかく、お話はうかがいました。」

母親が、つんとあごをそらした。

「この屋敷《やしき》は文化財《ぶんかざい》ですし、おいそれと手をいれることはできません。当主《とうしゅ》と相談《そうだん》のうえ、どうするか考えさせていただきたい思います。」

供養塔《くようとう》を掘《ほ》りかえしたのに？

「何度もおはこびいただいて、ごくろうさんでした。お休みもきょうまでですし、どうぞお気をつけてお帰りください。」

予想《よそう》どおりの展開《てんかい》だな。うちらを帰したあとで、釘《くぎ》かくしをあらためる気だろう。

初音《はつね》は、うすら笑《わら》いをしている。

「万《まん》が一《いち》貝がでてきても、またお宝《たから》をみつけたなんて、よそでいわんといてね。いまの話かて、そちらのおばさまが考えはったことかもしれないし。」

「うちらはべつに、宝さがしをじまんしたいわけじゃない。『子夏《しか》いわく、博《ひろ》く学んで篤《あつ》く志《しる》し、切《せつ》に問《と》うて近く思う。仁《じん》、その中にあり（『論語《ろんご》』より）。』」

初音母娘《はつねおやこ》は、きょとんとしている。

「子夏《しか》の言葉です。知識《ちしき》をひろめて十分に記憶《きおく》し、熱意《ねつい》をもって問題をたて、自分にわからないことを解《と》こうとする。仁、すなわちひととしてめざすべき道は、そういう努力《どりょく》のな

かにある。」

うちらは、そこまでりっぱじゃないけど。少なくとも、功名心《こうみょうしん》でやってるわけじゃない。

「そうよ。いちばんたいせつなのは、式子姫《しきこひめ》の気持ちだと思うわ。」

アンが、きっぱりという。

しばらく沈黙《ちんもく》がつづいて、初音《はつね》がわざとらしくいった。

「とにかく、高桐家《たかぎりけ》のことをいろいろ考えてくれはって、ありがとう。」

やっぱり、なにをいっても通じないか。そういわれて、うちらは席《せき》を立つしかなかった。

うちらは廊下《ろうか》で、初音の父親とすれちがった。色白だったのに、きょうは顔が赤い。

父親はすごい剣幕《けんまく》で、初音たちのいる座敷《ざしき》に入っていった。

「あの下品《げひん》な扇屋《おうぎや》まで、審査員《しんさいん》におったんか？」

うちは足をとめて、きき耳を立てた。

「結城屋《ゆうきや》のお姉さんを審査員にするのかて、やりすぎやいうたやないか。ふたをあけてみたら、審査員はうちの知りあいばかりやったそうやな。えらいお手盛《ても》りの絵あわせやいうて、さんざんいやみをいわれてしもたわ。」

「おかしなこといわんといてください。優勝《ゆうしょう》したんは、姫《ひめ》の実力《じつりょく》です！」

「そやかて、満座《まんざ》で恥《はじ》をかかされたんやで。高桐家《たかぎりけ》は由緒《ゆいしょ》ある『絵の家』や。絵のことでごまかしや、ええかげんなことがあったら、ご先祖《せんぞ》さまにもうしわけがたたへん！」

「また昼間っから、酔《よ》うてはりますのか。高桐家の面目《めんもく》をたもつお金は、どこからでてる思います？」

「あんたは、いつでもそれや。これまではがまんして、なんもいわんできたけどな。ええかげん、ひとさまのわらいものになってるのに気づいたらどうや。おたくのお姫《ひめ》さんはねこのかぶりかたがおじょうずやと、何人にいわれたと思うんや！」

いいぞ、お父さん。

アンが、うちの腕《うで》をひっぱった。

「わかってるよ。盗《ぬす》み聞《ぎ》きはマナー違反《いはん》だ。でも、もうちょっと。」

「そうじゃなくて、ゆるんでるのがあるの。」

ふりむくと、アンが廊下《ろうか》の釘《くぎ》かくしをゆびさした。

「ほら、あの上のとこ。まわせば、はずれるかも。」

「だめだよ、アン。そんなことしたら、器物損壊罪《きぶつそんかいざい》だ。」

すきまから貝が見えないかのぞいていると、受付《うけつけ》にいたひとが走ってきた。

「あの、京都《きょうと》テレビの方がみえてるんですけど。消えた貝がみつかったはずやいうて。」

やっときたか。高桐家《たかぎりけ》にくる前に、電話しておいたんだ。

25 答えあわせ

アン

釘《くぎ》かくしをはずす、はずさないで、テレビのひとも入って大騒動《おおそうどう》になった。はずれそうなところをみつけておいたのが、よかったわ。初音《はつね》ちゃんのお父さんが、見てくれることになったの。

「なにもでてこなんだら、帰ってもらえますやろな?」

お父さんは台にのって、満月《まんげつ》のかたちの釘かくしをひねった。

わたしたちは息をつめて、それを見まもった。

そして、でてきたのは……。

釘。

「貝なんぞ、どこにもあらしまへんなあ。」

お父さんが、首をふる。

「よければ、もうひとつくらいはずしてみては……」とテレビのお兄さんがねばる。

「この屋敷《やしき》に、釘《くぎ》かくしがどんだけある思います？　ぜんぶ、はずせいわはるんですか。」

「いや、ですから、もうすこしだけ。」

「部屋のなかだ！」

リックが、ぱっと顔をあげた。

「貝がいたむから、かくすなら室内の釘かくしにしたはずだよ。部屋のなかの釘かくしを、たしかめてもらえませんか。手がかりをのこしたってことは、式子姫《しきこひめ》も、貝を子孫《しそん》にみつけてもらいたいはずなんです。」

「はなればなれになった貝がひとつになれば、式子姫もよろこびます。」

お父さんは、わたしたちにいわれて考えこんでいる。

そこで声をあげたのは、初音《はつね》ちゃんのお母さんだった。

「そやったら、きちんと本職《ほんしょく》の大工《だいく》さんをよんで、たしかめさせてもらいますわ。結果《けっか》は後日《ごじつ》おつたえしますので、この場はおひきとりねがいます。」

お父さんが、むっとした。

「あんたは、どうしてなんでもかんでもしきりたがりますのや。ちょっと、だまっといてもらえるか？」

「お父さん、お母さんがそういうてはるんやから。」

「うるさい。親にさしずするんやない！」

ぴしゃりといわれて、初音《はつね》ちゃんはくやしそうな顔をした。お父さんは、とめようとするお母さんをふりきって、釘《くぎ》かくしをまわしだした。

おねがい。貝がでてきて！

だけど、でてきたのは、またしても釘。

がっかり。

「だけど、ずいぶん大きな釘だな」とリック。

たしかに。さっきのより太い。

「えらい、でっぱってるなあ。」

お父さんが釘の頭をおした。

ばすっ。

なにこれ？　手をついていたかべが、へこんでる。

下のところが、はずれちゃったの。

「あっ、こわした！」

初音《はつね》ちゃんが声をあげる。

リックがかべにとびついて、しらべる。

「ちょっと、さわらんといてっ。」

初音ちゃんのお母さんがわめくのを制《せい》して、リックはいった。

「こわれたんじゃない。うしろにかくし戸棚《とだな》があるんだ。」

「ここは忍者《にんじゃ》屋敷《やしき》やのうて、公家《くげ》屋敷どすっ！」

初音ちゃんのお母さんはいきりたっていたけれど、お父さんはかべに手をかけて、なかをのぞいた。

「ほんまや、なんかある。」

テレビのひともてつだうと、がたっと音がして、かべがはずれた。

かべとかべのすきまにおさまっていたのは、ひらたい桐《きり》の箱と、まるめた和紙《わし》。

テレビのひとたちが、いきおいこんでカメラをまわす。

初音《はつね》ちゃんとお母さんが、あらそうように箱をあけた。うす紙にくるまれたものが、ぎっしりとつまっている。

なかからでてきたのは、金色《きんいろ》にぬられた貝！

光源氏《ひかるげんじ》とお姫《ひめ》さまが、うれしそうによりそっている。

「これは、消えた貝にまちがいありませんか？」

テレビのお兄さんが、お母さんにマイクをさしだす。

「はあ……そうやと思います。まさか、こんなところに。」

初音ちゃんのお父さんが、まるめた和紙をひろげる。

「これは、式子姫《しきこひめ》が書いたもんみたいやな。おしまいに署名《しょめい》がある。」

「つまり、式子姫が自分で貝をかくしたということですか？」

テレビのお兄さんも、興奮《こうふん》している。

「そやけど式子姫も、いけずやわ。」

初音《はつね》ちゃんは泣《な》き笑《わら》いの顔だ。

「だれにもわたしたくないからって、かくさなくても。」

「それはちがうと思う。」

わたしは、思っていたことをいった。

「だれにもわたしたくないなら、着物にかくし場所の暗号《あんごう》をのこしたりしないもの。式子《しきこ》姫《ひめ》は、ちゃんと暗号をといてくれて、貝をたいせつにしてくれるひとにわたしたかったのよ。」

初音ちゃんが、きっとまゆをあげた。

「そんなことといって、貝をよこどりする気？」

「初音、やめとき」とお父さんがいった。

「いままで自分たちでみつけられなかったんは、高桐家《たかぎりけ》の恥《はじ》や。おっしゃるとおり、式子姫はそれなりのひとに、貝をわたしたかったんやと思いますわ。」

「なぞときの答えあわせは、アンの勝ちだね。」

リックが胸《むね》のすくような顔で、そういった。

26 式子姫《しきこひめ》の遺言《ゆいごん》

リック

今回の宝《たから》さがしでは、二度も見当《けんとう》ちがいをしてしまった。はじめは藤娘《ふじむすめ》の暗号《あんごう》が「供養《くよう》塔《とう》」だと思ったし、つぎは「釘《くぎ》かくし」に貝が入っていると思いこんだ。けっきょく「釘かくし」には、かくし戸棚《とだな》をあけるためのスイッチがかくされていたんだ。

五十四個《こ》の貝といっしょにでてきたのは、式子姫《しきこひめ》の遺言書《ゆいごんしょ》だった。

発見したときは読ませてもらえなかったけど、歩美《ふみ》ちゃんが恩師《おんし》の先生にたのんで、あとから内容《ないよう》をおしえてもらうことができた。

おかげで式子姫が貝をかくした、意外な理由がわかった。

式子姫は京都所司代《きょうとしょしだい》だった水野忠邦《みずのただくに》によびだされて、貝を献上《けんじょう》するようにいわれたんだ。

京都所司代《きょうとしょしだい》というのは幕府《ばくふ》がおいた、京都の警護職《けいごしょく》。朝廷《ちょうてい》や公家《くげ》の見張りもかねていて、江戸時代後期《えどじだいこうき》には、すえは老中《ろうじゅう》というエリートコースだった。

水野忠邦《みずのただくに》といえば、天保《てんぽう》の改革《かいかく》をおこなったので有名《ゆうめい》だ。幕府の財政《ざいせい》をたてなおす経済《けいざい》政策《せいさく》なんだけど、水野は強引《ごういん》にこれをすすめて失敗《しっぱい》する。

そのいっぽう、水野忠邦は出世欲《しゅっせよく》が強くて、わいろをつかいまくったことでも知られている。

式子姫《しきこひめ》の遺書《いしょ》によれば、京都所司代だった水野忠邦は源氏物語《げんじものがたり》の貝の評判《ひょうばん》をきいて、おなじものをつくれといってきたのだそうだ。おなじものをかく気力がなかった式子姫は、その話をことわった。すると、ならば持っている貝をよこせといわれた。自分でほしいというより、わいろにつかうつもりだったらしい。

貝をわたしたくなかった式子姫は、貝が消えたことにした。水野忠邦は逃《に》げ口上《こうじょう》だと思ったらしく、かくしていることがわかったら、ただではすまないとおどしをかけた。

そのとき式子姫は、弟の基和《もとかず》にも、貝が消えたとうそをついた。

『高桐家《たかぎりけ》の美』にも、絵に興味《きょうみ》がなくて遊《あそ》びずきだって書いてあったけど、基和は遊ぶ金ほしさに、源氏物語の貝を売ろうとしていたらしい。式子姫は自分の弟からも、貝を守らなければならなかったんだ。

高桐家《たかぎりけ》が基和《もとかず》の日記《にっき》を公開したがらないのも、式子姫《しきこひめ》の悪口《わるぐち》がいっぱい書いてあるからなんだって。基和も、式子姫が自分で貝をかくしたとうたがっていたらしい。

はじめ屋根裏《やねうら》に貝をかくしていた式子姫は、改築《かいちく》のさいに大工《だいく》さんにたのんで、かくし戸棚《とだな》をつくってもらった。

水野忠邦《みずのただくに》は京都所司代《きょうとしょしだい》から出世《しゅっせ》して老中《ろうじゅう》になったし、弟の性格《せいかく》もかわらない。だから式子姫は秘密《ひみつ》をあかさないまま、亡《な》くなった。

「藤娘《ふじむすめ》」の暗号《あんごう》がとけるだけかしこく、供養塔《くようとう》をうごかしたりしない心をもち、美しいものをたいせつにうけついでくれる。そんな子孫《しそん》が、あらわれるのを信じて。

アンにいわれて気がついたけど、かくし戸棚があった部屋の欄間《らんま》には、船をこぐウサギが彫《ほ》られていた。船をこぐのは「櫂《かい》」だから、それも貝をしめす暗号だったのかも。

うちとアンみたいな関東人《かんとうじん》が「藤娘」の暗号をとくなんて、式子姫は思ってもいなかったろうな。

27 月が見ている　アン

アン&リックの活躍《かつやく》で、高桐家《たかぎりけ》の七ふしぎは、七ふしぎでなくなった。

みつかった貝は、いたんでいるものもあったから、京都博物館《きょうとはくぶつかん》のひとが修復《しゅうふく》するんですって。きれいになったら展示《てんじ》されるらしいから、たのしみ。

式子姫《しきこひめ》も、きっとよろこんでいると思う。

歩美《ふみ》ちゃんも、ママがお礼《れい》にプレゼントしたスカーフを、すごくよろこんでくれた。カラフルな幾何学模様《きかがくもよう》で、黒い服にあわせるだけで、ぱっと華《はな》やかになるの。これからは、きれいな色にも挑戦《ちょうせん》してくれるそうよ。一歩前にすすんで、おしゃれをたのしんでほしいわ。

前にすすむといえば、ママもパパのラブレターを手ばなすことにしたの。

「アンがもうすこし大人《おとな》になったら、読んでみてね。そのあとどうするかは、アンにまかせるわ。」

そういって、ママは手紙をあずけてくれた。光源氏《ひかるげんじ》みたいに燃《も》やしたらどうしようと思ってたから、ほっとした。

中身は気になるけど、とりあえずは読まないで、とっておくつもり。恋《こい》とか愛《あい》って、まだよくわからないもの。いつかほんとうに好《す》きなひとができたら、読んでみよう。いまはパパが書いた宛名《あてな》を見るだけで、胸《むね》がじんわりする。

あれっきり初音《はつね》ちゃんのブログは、見る気にもならなかった。

だけど雛乃《ひなの》ちゃんがまた、わたしとおそろいのかっこうをするようになったの。

「初音ちゃんがファッションリーダーじゃなかったの？」

そうきくと、雛乃ちゃんは顔をしかめた。

「初音ちゃんなんか、最低《さいてい》よ。杏珠《あんじゅ》ちゃんがでた絵あわせ、あったでしょう？　初音ちゃんは優勝候補《ゆうしょうこうほ》だった男の子を、裏《うら》でおどしてたんですって。ほかにもいろいろ、いじめをしてたみたい。ブログが炎上《えんじょう》して、たいへんだったの。」

「そうなんだ。」

「ちょうどよかったの。初音《はつね》ちゃんのスタイルって、ゴージャスすぎるのよね。やっぱりわたしには、ラブリーなファッションがあってるみたい」ですって。

ママはフリーのファッションソムリエになるけれど、わたしもガールズ部門《ぶもん》を担当《たんとう》しようかしら。

「ねえリック、歩美《ふみ》ちゃんって、すっごくいいひとね。お礼《れい》の手紙をだしたら、京都《きょうと》におばさんがいると思って、いつでも遊びにきてっていわれたの。」

リックは、おかしな顔をしている。

「アンと歩美ちゃんが、莫逆《ばくぎゃく》の友になるとはね。」

「バクギャク？」

「話があって、なかよくなるってこと。」

「ほんと。年ははなれてても、友だちになれるのね。こんどの京都《きょうと》旅行も、大成功《だいせいこう》だったと

思わない？　考えてみれば、京都女子大《きょうとじょしだい》のひとがわるいひとだったから、わたしたちがお宝《たから》をみつけることができたのね。そうでなきゃ、貝をかくさなくてもよかったんだから。」

「京都女子大じゃなくて、京都所司代《きょうとしょしだい》。」

「とにかく、きらきらしたお宝《たから》をみつけられて、よかったわ。お侍《さむらい》がらみのお宝ばっかりじゃ、つまらないもの。」

「その価値観《かちかん》には同意できない。」

リックは、ごくりとお茶をのんだ。

「でもまあ、今回は自分の勉強不足《べんきょうぶそく》に気づけたのがよかったな。これからはもっと視野《しや》をひろげて、いろんなことに関心《かんしん》をもつことにする。」

「ほんと？　じゃあこんど、いっしょにデパートにいく？　ママの従業員割引《じゅうぎょういんわりびき》がつかえるうちに、ショッピングがしたいの。今季《こんき》のトレンドをおしえてあげる。」

「視野はひろげたいけど、ちがう人間にはなれない。」

リックはそういって、空を見あげた。

秋空には白い月がうかび、わたしたちを見おろしていた。

（おわり）

あとがき

アンとリックの三回目の宝《たから》さがしにおつきあいいただき、ありがとうございました。

これまでの二作は、ほんとうに起きたことと、空想《くうそう》がいりまじったお話でした。今回の物語では、フィクションがおもになっています。高桐家《たかぎりけ》という公家《くげ》は存在《そんざい》しませんし、式子姫《しきこひめ》も架空《かくう》の人物です。水野忠邦《みずのただくに》は実在《じつざい》の人物ですが、彼《かれ》でなくても出世《しゅっせ》のためにわいろをつかった武士《ぶし》は多かったと思うので、あえて悪役《あくやく》をわりふりました。

ただし『源氏物語《げんじものがたり》』についての記述《きじゅつ》は、史実《しじつ》をもとにしています。絵あわせでの初音《はつね》のコメント、歩美《ふみ》ちゃんやリックの『源氏』についての解説《かいせつ》も、フィクションではありません。紫式部《むらさきしきぶ》以外《いがい》のひとが書いた帖《じょう》があるという説《せつ》も、よく知られています。それがどれかということは、歩美《ふみ》ちゃん個人《こじん》の考えだと思ってください。スプーンが古代《こだい》からつかわれていて、やまとことばで「かい」といわれていたこともほんとうです。

このお話にでてくる貝桶《かいおけ》は、江戸《えど》時代には大名家《だいみょうけ》の嫁入《よめい》り道具としてかかせないものでした。貝あわせにつかわれるハマグリは二枚貝《にまいがい》で、おなじ貝でなければ、ぴたりとあうことはありません。そのことから、夫婦円満《ふうふえんまん》の意味がこめられました。

貝桶は嫁入り行列の先頭ではこばれ、花嫁《はなよめ》が嫁入りする家につくと、花婿《はなむこ》に貝桶をわたす儀式《ぎしき》がありました。貝桶は、まさしく婚礼《こんれい》のシンボルだったのです。花嫁の側《がわ》にすれば、最高《さいこう》のものを用意したいという想《おも》いがあったでしょう。

婚礼《こんれい》道具に貝桶が用意されることはなくなりましたが、貝桶はおめでたい柄《がら》として、いまでも着物の模様《もよう》につかわれています。旧家《きゅうか》などのおひなさまを見るときには、お道具のひとつに貝桶を見つけることができるでしょう。

京《きょう》ことばについては、京女《きょうおんな》である遠藤育枝《えんどういくえ》さんにチェックしていただきました。この場をかりて、深《ふか》くお礼《れい》もうしあげます。

みなさんも機会《きかい》があれば、大覚寺《だいかくじ》の観月会《かんげつかい》に参加《さんか》して、紫式部《むらさきしきぶ》のように月を見上げてくださいね！

参考文献

『源氏物語』（全十巻）玉上琢彌訳注・角川ソフィア文庫
『光る源氏の物語』（上下巻）大野晋・丸谷才一・中公文庫
『紫式部日記』山本淳子訳注・角川ソフィア文庫
『源氏の恋文』尾崎左永子・文春文庫
『日本の歴史5　王朝の貴族』土田直鎮・中公文庫
『平安朝の生活と文学』池田亀鑑・ちくま学芸文庫
『平安女子の楽しい！生活』川村裕子・岩波ジュニア新書
『イケズの構造』入江敦彦・新潮社
『家庭画報特別編集　日本の旧家を旅する』世界文化社
『日本料理の真髄』阿部孤柳・講談社＋α新書
『日本料理の歴史』熊倉功夫・吉川弘文館
『原色　小倉百人一首』鈴木日出男・山口慎一・依田泰・文英堂

作　小森 香折（こもり かおり）

東京都に生まれる。『ニコルの塔』でちゅうでん児童文学賞大賞、新美南吉児童文学賞を受賞。作品に「歴史探偵アン＆リック」シリーズ、『いつか蝶になる日まで』『レナとつる薔薇の館』『時知らずの庭』など、翻訳に『ぼくはきみのミスター』などがある。

絵　染谷 みのる（そめや みのる）

奈良県に生まれる。イラストレーター、漫画家。

書籍の装画や挿絵、雑誌での漫画執筆を中心に活動中。おもな挿画作品に「歴史探偵アン＆リック」シリーズ、「妖精のパン屋さん」シリーズなどがある。

ホームページ http://asapi.client.jp//

歴史探偵アン&リック

源氏、絵あわせ、貝あわせ

2017年9月　初版第1刷

作者＝小森 香折

画家＝染谷みのる

発行者＝今村正樹

発行所＝株式会社 偕成社　http://www.kaiseisha.co.jp/
〒162-8450 東京都新宿区市谷砂土原町 3-5
TEL 03（3260）3221（販売）　03（3260）3229（編集）

印刷所＝中央精版印刷株式会社　小宮山印刷株式会社
製本所＝株式会社常川製本

NDC913 偕成社 202P. 19cm ISBN978-4-03-635930-1

Published by KAISEISHA. Printed in JAPAN

本のご注文は電話、ファックス、または E メールでお受けしています。
Tel: 03-3260-3221 Fax: 03-3260-3222 e-mail: sales @ kaiseisha.co.jp
乱丁本・落丁本はお取りかえいたします。

歴史探偵アン&リック

里見家の宝をさがせ！

小森香折 作　染谷みのる 絵

杏珠がひっこしてきたお屋敷には家訓がある。転校先の小学校で出会った歴史マニアの陸は、それが「八犬伝」で有名な里見家の家宝に関係しているというが……。性格正反対のアンとリックの出会いをえがくシリーズ第一弾！

歴史探偵アン&リック

壇ノ浦に消えた剣

小森香折 作　染谷みのる 絵

こんどのお宝は、源平合戦で活躍した水軍が、かくし伝えてきた伝説の剣？九州の唐津にまねかれたアンとリックは、壇ノ浦に沈んだはずの草薙剣の調査を開始する。けっこうほんかく歴史ミステリー第二弾！

てがるに　ほんかく読書

［偕成社 ノベルフリーク］

わたしたちの家は、ちょっとへんです

岡田依世子 作
ウラモトユウコ 絵

「あたしたち、こんなへんな家でそだって、ちゃんとした大人になれるのかな。」小学生女子三人の、家庭の事情と友情の物語。

バンドガール！

濱野京子 作
志村貴子 絵

わたし、沙良。先輩にさそわれてバンドでドラムはじめました！　近未来を舞台にえがく、ちょっぴり社会派ガールズバンド・ストーリー。

てがるに　ほんかく読書

ノベルフリーク F

［偕成社 ノベルフリーク］

まっしょうめん！

あさだりん 作
新井陽次郎 絵

こんなわたしが、サムライ・ガール？海外赴任中の父のたのみで剣道教室に行きはじめた成美。そこには思いがけない試練が待っていた！

二ノ丸くんが調査中

石川宏千花 作
うぐいす祥子 絵

「ねえ、きみ。こんな都市伝説、知ってる？」ふうがわりな少年、二ノ丸くんが調べているのは不思議でこわい都市伝説。四話収録の連作短編集。

いつか蝶になる日まで

小森香折 作　柴田純与 絵

十三歳は、蝶でいったらサナギの季節。ささいなことから、クラスで浮いてしまった美可、最近気になる女の子ができたマサ、大人っぽいクラスメートにあこがれる百合絵、オレオレ詐欺の現場を目撃してしまったレン。それぞれに起きる不思議な出来事がゆるやかにつながりあう連作短編集。